le
Conte de
Noel de
Loki

KEIRA
MONTCLAIR

LES GRANT ET LES RAMSAY DANS LES ANNÉES 1280

GRANT

LAIRD ALEXANDER GRANT et son épouse, MADDIE
John (Jake) et son épouse, Aline
James (Jamie) et son épouse, Gracie
Kyla et son mari, Finlay
Connor
Elizabeth
Maeve

BRENNA GRANT et son mari, QUADE RAMSAY
Torrian (fils du premier mariage de Quade) et sa femme, Heather ; Nellie (fille d'Heather issue d'une précédente relation) et Lochlan, leur fils
Lily (fille du premier mariage de Quade) et son mari, Kyle ; leurs filles jumelles, Lise et Liliana
Bethia
Gregor
Jennet

ROBBIE GRANT et son épouse, CARALYN
Ashlyn (fille de Caralyn issue d'une précédente relation) et son mari, Magnus
Gracie (fille de Caralyn issue d'une précédente relation) et son mari, Jamie

Rodric (Roddy)
Padraig

BRODIE GRANT et son épouse,
CELESTINA
Loki (adopté) et sa femme, Arabella ; deux fils,
Kenzie (adopté) et Lucas
Braden
Catriona
Alison

JENNIE GRANT et son mari,
AEDAN CAMERON
Riley
Tara
Brin

RAMSAY

QUADE RAMSAY et son épouse,
BRENNA GRANT (voir ci-dessus)

LOGAN RAMSAY et son épouse,
GWYNETH
Molly (adoptée) et son mari, Tormod
Maggie (adoptée)
Sorcha et son mari, Cailean
Gavin
Brigid

MICHEIL RAMSAY et son épouse, DIANA
David
Daniel

AVELINA RAMSAY et DREW MENZIE
Elyse
Tad
Tomag
Maitland

CHAPITRE UN

Dans les années 1280, Highlands d'Écosse

LOKI SE REDRESSA dans sa couche, haletant. Sa femme Arabella, enceinte de leur deuxième enfant, murmura :

— Que se passe-t-il ?

– Rien. J'ai cru ouïr quelque chose. Ce n'est rien. Rendors-toi, Bella.

Peu enclin à mentir, il se cacha le visage lorsqu'il prononça cette baliverne audacieuse. Puis il se pencha et déposa un baiser sur son front.

Elle se retourna et soupira en fermant les yeux.

Loki soupira à son tour, soulagé ; il ne voulait pas l'inquiéter en lui disant la vérité. Depuis qu'ils avaient découvert qu'elle portait à nouveau un enfant, il faisait des rêves obsédants. Leur source restait un mystère pour lui. Il n'avait jamais été aussi heureux. Il adorait leur petit garçon, Lucas, et leur fils adoptif, Kenzie. Et le travail qu'il avait accompli pour construire son clan lui procurait une grande satisfaction.

Pourtant, les rêves continuaient. Au début, ils ne l'avaient troublé qu'une fois par lune, mais maintenant que Bella arrivait au bout de sa grossesse, ils le réveillaient au moins une fois toutes les deux semaines, peut-être plus.

La dernière remontait à seulement deux jours.

Chaque fois qu'il faisait ce rêve, il en apprenait un peu plus.

Cela commençait toujours de la même manière. Un vieil homme atirié[1] de fourrures épaisses, son capuchon couvrant la plus grande partie de son visage, essayait de lui parler. Quelque chose chez cet étranger le terrifiait, et il se sentait poussé à mettre le plus de distance possible entre eux. Auparavant, il ne l'avait jamais ouï parler.

Cette fois-ci, c'était différent.

— Pourquoi t'appelles-tu Loki, mon garçon ?

Oh ! Il détestait cette question. Elle ravivait toutes ses vieilles craintes de ne pas être à sa place. Loki n'était pas un nom gaélique, pourtant sa mère de naissance l'était, tout comme sa famille adoptive, les Grant.

Loki avait été abandonné, laissé pour mort au milieu de la forêt alors qu'il n'avait pas six printemps. Pendant longtemps, il n'avait eu aucun souvenir de sa vie d'avant, si ce n'était qu'il s'appelait Loki et qu'il n'avait pas de parents. Il avait vécu dans une caisse derrière une auberge à Ayr.

Des années plus tard, il avait rencontré Brodie Grant ; il considérait toujours que c'était la chose la plus heureuse qui lui soit arrivée. Ils avaient combattu ensemble lors de la bataille

---

1   Toutes les notes sont de la traductrice : affublé, vêtu

de Largs, après quoi l'homme l'avait adopté et accueilli dans le clan Grant.

Loki avait travaillé dur pour son nouveau clan, à tel point qu'il avait été récompensé et nommé laird de son propre château. Alexander Grant était toujours son chef et ses guerriers combattaient pour le clan Grant, mais il travaillait ses propres terres, ce qui était rare dans les Highlands. Si elles n'étaient pas aussi fertiles que celles des Grant, ils y cultivaient une grande partie de leur nourriture et possédaient un bon troupeau de moutons qui croissait chaque année, ainsi qu'un loch plein de poissons. Il avait nommé son territoire Curanta, ce qui signifiait courageux et héroïque, et il faisait tout son possible pour continuer à rendre les Grant fiers.

Pourtant, le passé le hantait. Au fil des ans, il avait appris la vérité sur ses origines. Le mari de sa mère, l'ordure cruelle Edward Blackett, n'était pas son père. Il n'était pas non plus celui du bébé que portait la mère de Loki lorsqu'elle était en train d'accoucher et qu'elle était morte. Loki et sa sœur, Heather, désormais épouse de Torrian Ramsay, étaient le fruit d'une relation amoureuse entre leur mère et un autre homme, un prêtre. Seulement, ils avaient été arrachés à leur véritable géniteur après la mort de celle-ci.

Le nom de Loki ? Il ne savait toujours pas pourquoi ni quand on le lui avait donné.

Sa mère l'avait baptisé Lucas.

Chassant ces pensées, Loki sortit du lit, attrapa un plaid pour l'enrouler autour de sa taille et descendit les escaliers jusqu'à la grande salle. Certes, elle était petite par rapport à celle des Grant, mais elle leur appartenait, et Bella avait travaillé dur pour la rendre chaleureuse et confortable. Il prit un verre d'hydromel et s'assit sur l'un des fauteuils devant l'âtre, où le feu était réduit à des braises ardentes.

Le soleil se lèverait-il bientôt ? Il l'ignorait.

Après sa deuxième gorgée, il ouït un bruit provenant de la chambre des garçons. Il tourna la tête vers l'escalier, tendant l'oreille pour voir lequel des petits s'était réveillé. Kenzie, qui avait presque neuf printemps, courut sur le balcon et dévala les marches.

— Papa, papa…

Loki se leva pour attraper son fils, le drôle[2] qui vivait dans les rues d'Ayr lorsqu'il l'avait trouvé, tout comme lui l'avait fait tant d'années plus tôt.

— Que se passe-t-il, Kenzie ?

— Papa, je fais toujours le même rêve. Je ne l'aime pas. Comment faire pour que ça s'arrête ?

Un frisson s'empara de l'échine de Loki, provoquant un picotement dans sa nuque qu'il n'aimait pas.

— Assieds-toi, mon garçon. Raconte-moi.

Kenzie se laissa choir dans le fauteuil à côté de lui, atterrissant sur le coussin moelleux que Bella avait fabriqué et attrapant la fourrure jetée sur le dossier du fauteuil.

Loki jaugea la peur dans son regard, observant si elle grandissait ou si elle s'atténuait comme l'avait fait le feu.

— Mon garçon, ça semble très réel, n'est-ce

---

2   Jeune garçon.

pas? lui murmura-t-il, espérant que sa voix calmerait son fils.

Kenzie se frotta les yeux pour en chasser le sommeil.

— Un grand homme. C'est toujours un grand homme. Il est couvert de fourrures, et il me pose des questions.

— Que dit-il?

Il n'était pas sûr de vouloir ouïr la réponse du drôle, car les similitudes étaient déjà troublantes.

— Une fois, il a dit : «Où est mon Loki?» Une autre fois, il m'a demandé pourquoi mon papa s'appelait Loki. Ses questions m'ont fait penser à mon vrai papa. Je l'aimerais aussi s'il était encore vivant. J'ai le droit d'aimer mes deux papas? Est-ce que tu crois que c'est la raison pour laquelle l'homme aux fourrures est après moi?

Il sauta de sa chaise et se plaça directement devant Loki, les yeux écarquillés et embués.

— Non, je ne crois pas qu'il soit après toi.

— Mais je peux aimer deux papas, n'est-ce pas? Cela ne te dérange pas que j'aime encore mon premier papa?

— Non, cela ne me dérange pas. Je suis heureux que tu aimes deux papas. Pour te dire la vérité, j'en aime quatre.

Il sourit à Kenzie, espérant faire disparaître la peur du garçon en le distrayant avec une énigme. Il était aisé de détourner l'attention d'un enfant de neuf printemps.

— Quatre? Tu aimes quatre papas?

— Peux-tu deviner de qui je parle?

Il s'adossa à son fauteuil, laissant au drôle le

temps d'y réfléchir. Kenzie était assez intelligent pour trouver la réponse.

— Ton vrai papa, le prêtre, et Grandpa Brodie, ton père adoptif. Hmmm…

Loki sourit, observant l'expression de son fils changer à mesure que les pensées se bousculaient dans sa tête.

— Je sais ! Oncle Alex.

— Oui, c'est le troisième. Et le quatrième ?

Sa poitrine se gonfla de contentement, mais elle s'affaissa dès qu'il se souvint qu'il devait en trouver un autre.

— Oncle Robbie ?

— Oui. Ils m'ont tous traité comme leur fils lorsque je suis arrivé ici. Je suis béni au-delà des mots.

— Moi aussi, papa ! s'exclama-t-il en jetant les bras autour du cou de Loki.

— Je vais te dire un secret.

Kenzie s'écarta du torse de Loki.

— Un secret ? Dis-le-moi.

— Moi aussi j'ai rêvé de l'homme aux fourrures.

— C'est vrai ? Est-ce qu'il te fait peur aussi ?

Comment mentir à ce sujet… ? Il était plus effrayé que jamais maintenant qu'il savait qu'ils faisaient des rêves similaires, mais la vérité ne ferait qu'affoler son fils. Il se contenta d'une demi-vérité.

— L'homme aux fourrures me fait peur quand il fait nuit, mais dès que le jour se lève, il disparaît. Si tu gardes ça en tête, il ne pourra plus t'effrayer.

— J'essaierai, papa. J'espère que cela marchera. Mais qui est l'homme aux fourrures ?

C'était le plus étrange dans tout cela. Loki n'en avait aucune idée.

CHAPITRE DEUX

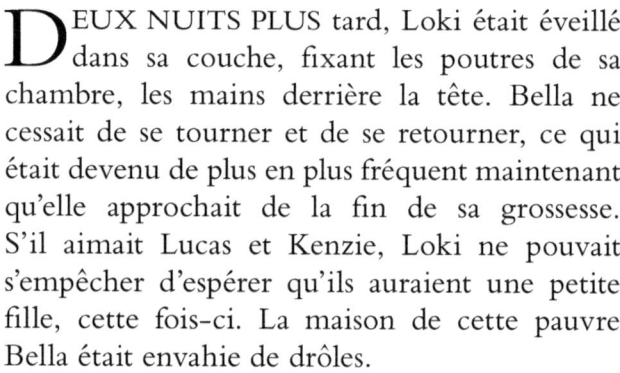

DEUX NUITS PLUS tard, Loki était éveillé dans sa couche, fixant les poutres de sa chambre, les mains derrière la tête. Bella ne cessait de se tourner et de se retourner, ce qui était devenu de plus en plus fréquent maintenant qu'elle approchait de la fin de sa grossesse. S'il aimait Lucas et Kenzie, Loki ne pouvait s'empêcher d'espérer qu'ils auraient une petite fille, cette fois-ci. La maison de cette pauvre Bella était envahie de drôles.

Il avait été réveillé par un autre rêve de l'homme aux fourrures. Cette fois, il avait demandé : « Où es-tu, Loki ? J'ai besoin de toi. »

Il avait été tiré du sommeil par des sueurs froides, mais il avait résolu de ne pas bouger, de peur de réveiller Bella. Il n'avait toujours pas compris ce que voulait cet homme, et cela l'empêchait de dormir. Kenzie ne s'était pas plaint d'avoir fait d'autres rêves, mais deux nuits seulement s'étaient écoulées.

Bella se tourna à nouveau et le regarda. Dans l'obscurité, il avait du mal à la voir, mais l'expression de son visage lui disait que s'il avait fait jour, il aurait vu cette lueur dans ses yeux qu'il aimait tant.

Elle lui adressa un doux sourire, et il sut exactement ce qu'elle avait en tête.

— Tu es agitée, ma petite ? demanda-t-il.

— Ma petite ? À qui crois-tu parler, mon mari ? répliqua-t-elle.

Elle roula sur le dos et rejeta les couvertures. Puis elle leva sa chemise de nuit pour dévoiler son ventre.

— Est-ce que ça te semble petit ? Je crois que non.

Loki rit et roula sur le côté, se penchant pour poser ses lèvres sur celles de Bella, plongeant sa langue dans sa bouche sucrée.

— Essaierais-tu de me torturer, jeune fille ? Tu sais que je ne peux pas grimper sur toi pour le moment.

Elle rit et dit :

— Peut-être que c'est à mon tour de grimper.

— Je suis tout à toi, affirma-t-il.

Il l'embrassa encore, et sa main se glissa jusqu'au V entre les jambes de sa femme.

— Je vois que tu as pensé à moi, n'est-ce pas ?

Elle poussa son torse jusqu'à ce qu'il soit à plat sur le dos. Elle se redressa en souriant.

— Je vais te montrer à quel point j'ai pensé à toi.

Bella leva la jambe pour s'installer à califourchon sur lui et il saisit ses hanches, la guidant au bon endroit. Elle entreprit de le chevaucher, et le frottement le fit aussitôt durcir ; mais elle faillit basculer ensuite.

— Oh, ma jolie ! Tu ne vas pas me quitter après avoir commencé ça !

Il la repositionna.

— Accroche-toi à mes mains. Je vais te maintenir juste à l'endroit où tu veux être.

Bella attrapa ses mains pour se stabiliser, puis elle commença à frotter sa boutonnière contre lui. Elle ne tarda pas à se soulever, haletante, et à le prendre entièrement en elle, avec un profond soupir et un gémissement.

— Loki, je t'aime tellement !

— Jouis pour moi, ma Bella.

Elle bougeait pendant qu'il lui donnait du plaisir de toutes les façons possibles.

— Tes seins sont si pleins et si magnifiques ! J'adore les toucher.

Alors qu'il les caressait et titillait ses mamelons, il sentit son fourreau se resserrer autour de lui. Elle lâcha prise avec un gémissement et il la suivit, atteignant son paroxysme en même temps qu'elle.

Lorsqu'ils eurent terminé, il l'aida à s'installer à côté de lui, la tête sur son épaule et le ventre appuyé contre sa hanche.

— Tu devais avoir envie de moi, lui dit-il. Tu as joui très vite, mon amour.

Elle éclata de rire.

— Cela se produit chaque fois que tu me dis que ce corps énorme est magnifique.

— Tu sais que c'est seulement le bébé qui te fait grossir, et tu es toujours magnifique.

Un coup fort interrompit leur moment

d'intimité, même s'ils avaient de la chance qu'il n'ait pas eu lieu un ou deux instants plus tôt.

— Entrez! cria Loki après avoir aidé Bella à rajuster sa chemise de nuit, craignant que ce ne soit encore Kenzie.

Il remonta les couvertures jusqu'à sa taille.

Kenzie bondit à l'intérieur de la chambre et se jeta sur la couche.

— Que se passe-t-il, Kenzie?

Ils n'eurent pas à attendre longtemps sa réponse. Les mots jaillirent de sa bouche aussi vite qu'un faucon plongeant sur sa proie.

— L'homme aux fourrures est revenu! Fais-le arrêter, papa. Fais-le partir! Il me fait peur. Je le déteste! Je…

— Doucement, mon garçon. Tu as prononcé cinq phrases sans reprendre ton souffle. Tu as encore rêvé de l'homme aux fourrures?

Il avait un peu parlé à Bella des rêves qui les tourmentaient, Kenzie et lui, mais pas assez en détail pour qu'elle s'en inquiète. Elle était trop avancée dans sa grossesse pour qu'il la laisse se préoccuper de telles choses.

— Oui, et il m'a dit quelque chose cette fois. J'ai encore plus peur qu'avant!

Bella s'écarta de Loki et fit signe à Kenzie de venir s'allonger entre eux.

— Viens avec nous, et raconte-nous tout.

Il fit ce qu'elle lui demandait, déplaçant son petit corps entre eux avant de rouler sur le dos.

— Bien. Maintenant, respire profondément et recommence, murmura Bella.

— L'homme aux fourrures est revenu me voir

dans mon sommeil. Cette fois, il m'a dit quelque chose de différent, expliqua-t-il.

Des larmes roulèrent sur ses joues, et il regarda tour à tour sa mère et son père.

— J'ai vu mon vrai père debout derrière l'homme aux fourrures. C'est la première fois depuis qu'il est mort, et il n'avait pas l'air content. J'ai peur qu'il ne veuille pas que j'aie deux familles. Qu'est-ce que j'ai fait de mal ?

— Rien, dit Loki, tendant la main pour ébouriffer les cheveux du drôle. Tu n'as rien fait de mal, Kenzie. Je ne crois pas que ton vrai père soit fâché contre toi. A-t-il dit quelque chose ?

— Non. C'est son regard qui m'a inquiété, répondit-il, puis il se redressa et les scruta à nouveau tous les deux. Et puis l'homme aux fourrures m'a dit que je devais t'amener à Ayr, papa. Je crois que mon vrai papa doit le vouloir aussi, sinon il n'aurait pas été là.

Bella contempla Loki.

— Alors tu dois y aller, dit-elle, le regard plein d'amour.

Le lendemain après-midi, Loki était assis près de l'âtre, à côté de Bella, de son père Brodie et de sa mère Celestina. Le petit Lucas était blotti sur les genoux de sa grand-mère.

Loki se racla la gorge avant de commencer.

— Je vous remercie tous les deux d'être venus. Je ne sais pas si je suis en train de courir après quelque chose de stupide, mais Kenzie est tellement bouleversé par ses rêves que j'espère qu'il s'apaisera si nous le prenons au sérieux. Je... dois admettre que cela me perturbe que nous ayons vu la même personne dans nos rêves.

— Et iras-tu jusqu'à Ayr ? s'enquit Bella.

— Je ne saurais le dire, mais je ferai de mon mieux pour revenir dès que possible, ma belle. Tu sais que je n'ai aucune envie de te quitter. Je suis heureux que papa et maman puissent rester avec toi pendant mon absence. Je verrai au jour le jour si notre garçon et moi continuons à faire des rêves après notre départ, expliqua Loki avant de baisser la voix. Je ne peux pas laisser croire à notre fils que c'est mal d'aimer deux pères. Tu as vu à quel point il est angoissé.

Les yeux de Bella se remplirent aussitôt de larmes.

— Je sais. Je ne l'avais jamais vu aussi perdu. Je pensais qu'il irait mieux après le lever du soleil, mais cela n'a fait qu'empirer, dit-elle, serrant la main de Loki. Ne t'inquiète pas. Ça ira.

— Pauvre Kenzie. Je lis l'inquiétude sur son visage. Cela me trouble, Loki, dit Celestina en passant une main sur l'enfant endormi sur ses genoux, tout en secouant la tête. Fais ce que tu as à faire. Ton frère amènera les filles plus tard. Nous serons tous là pour aider Bella.

— Maman, crois-tu que ces rêves signifient quelque chose ?

Il accordait de l'importance à l'opinion de ses deux parents, et il avait ouï sa mère discuter de la signification des rêves avec ses tantes. Elle savait peut-être quelque chose. De plus, sa mère adoptive était un ange, plus éthérée que toutes les personnes qu'il ait jamais croisées. Si une personne vivante était informée de ce qui se passait au-delà de ce monde, il était persuadé que c'était elle.

Sa mère réfléchit un instant, puis saisit la main de son père.

— Loki, je ne comprends peut-être pas pourquoi l'homme te demande ton nom, mais le fait que vous ayez tous les deux eu une vision similaire me mène à penser qu'il y a plus que cela.

— Tu es sûr de n'avoir jamais parlé de tes rêves devant lui ? s'enquit son père, dont le regard passa de Loki à Bella. C'est plutôt inhabituel que vous ayez rêvé du même homme. Tu connais Avelina Ramsay et ses pouvoirs. Certains aspects de ce monde ne peuvent être expliqués. Cela pourrait être l'un d'entre eux.

Tous deux secouèrent la tête à l'unisson. Il ne voulait même pas avouer combien de fois il avait caché ses rêves à Bella, pour ne pas l'inquiéter pendant sa grossesse. Mais il ne pouvait plus les ignorer. Apparemment, quelqu'un avait un message pour son fils et lui.

La porte donnant sur l'extérieur s'ouvrit, et Kenzie bondit au bas des marches dans leur direction.

— Nous avons brossé tes chevaux, Grandpa ! Tu t'occuperas bien de maman pendant notre absence ?

Kenzie alla serrer Bella dans ses bras.

— Nous le ferons. Je te le promets.

Kenzie fixa le sol pendant un moment avant de murmurer :

— Tu crois que je suis fol, Grandma ? Tu crois que mon vrai père me déteste parce que j'aime papa et maman ?

— Oh, Kenzie !

Elle confia Lucas à Loki, puis tapota ses genoux. À la surprise de tous, le drôle grimpa en travers de ses genoux et posa la tête sur son épaule.

— Ton père a quitté ce monde trop tôt. Il n'a pas pu te voir devenir un homme, mais je pense qu'il serait heureux que tu aies trouvé Loki et Bella. L'amour est ce qui nous rend le plus heureux, et n'as-tu pas ouï dire que plus tu en donnes, plus tu en reçois ?

Kenzie se redressa pour regarder sa grand-mère dans les yeux, l'air sérieux.

— Je vais devoir y réfléchir. Tu ne crois pas que mon vrai père m'en veut de vous aimer tous ?

— Non. Je pense que, s'il était là, il nous remercierait tous de t'avoir accueilli et aimé comme si tu étais de notre famille. Nous ne te demandons pas d'oublier tes parents, ils sont aussi importants. Tu ne crois pas que tes parents seraient heureux de te voir vivre seul dans les rues d'Ayr, n'est-ce pas ?

— Non, ils ne voudraient pas que je vive là-bas. C'est vrai, mais je dois quand même m'en assurer. Et je dois découvrir pourquoi l'homme de mes rêves s'intéresse tant à papa. C'est étrange que nous fassions les mêmes rêves, n'est-ce pas ?

Brodie se leva et serra l'épaule de son petit-fils.

— Nous espérons que tu trouveras rapidement

les réponses que tu cherches afin que tu puisses revenir auprès de ta mère et l'aider avec le bébé.

Ils partirent le lendemain matin.

CHAPITRE TROIS

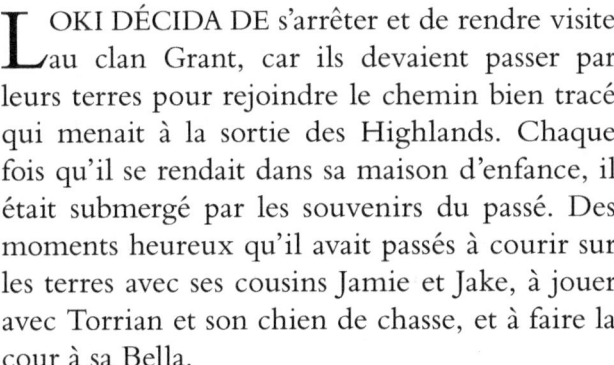

L OKI DÉCIDA DE s'arrêter et de rendre visite au clan Grant, car ils devaient passer par leurs terres pour rejoindre le chemin bien tracé qui menait à la sortie des Highlands. Chaque fois qu'il se rendait dans sa maison d'enfance, il était submergé par les souvenirs du passé. Des moments heureux qu'il avait passés à courir sur les terres avec ses cousins Jamie et Jake, à jouer avec Torrian et son chien de chasse, et à faire la cour à sa Bella.

La tante Maddie et l'oncle Alex les persuadèrent de rester pour la nuit, et, après le dîner, ils se rassemblèrent autour de l'âtre chaud pour discuter avec leurs chers parents.

— J'espère que vous reviendrez à temps pour participer à notre fête de Noël, dit tante Maddie.

Kenzie se leva d'un bond de sa chaise.

— Nous devons absolument être de retour, n'est-ce pas, papa? demanda-t-il, impatient.

— Nous ferons de notre mieux, tant que les tempêtes ne nous en empêcheront pas, répondit Loki. Nous avons convenu de célébrer le solstice ici et au château de Curanta. Nous devons également envisager que Bella mette au monde le bébé au moment du solstice d'hiver. Tu sais que je ne peux pas manquer cela, et tu ne voudrais pas le manquer non plus. N'ai-je pas raison ?

— Oui ! Nous devons être à la maison pour voir le bébé ! Nous devrons rapidement trouver l'homme aux fourrures, dit Kenzie.

L'expression de son visage indiquait clairement qu'il n'avait pas l'intention de passer beaucoup de temps à Ayr. Ce n'était pas plus mal.

— Nous ferons de notre mieux pour t'attendre, mon garçon, dit l'oncle Alex.

— Et nous irons tous au château de Curanta si Bella met au monde son bébé, ajouta Maddie. Elle aura besoin de l'aide de Caralyn, et nous pourrons nous tenir compagnie.

— Je vous remercie tous les deux. Je sais que Bella appréciera cette aide, surtout avec le petit Lucas.

Loki ne pouvait s'empêcher de se demander si leur voyage avait lieu à un moment opportun, mais il savait qu'il serait pire d'attendre. Bella serait plus qu'occupée après l'arrivée du bébé, et les voyages seraient dangereux une fois l'hiver installé. Non, mieux valait partir avant le solstice d'hiver.

Alex le ramena à leur conversation, sachant exactement ce que Kenzie souhaitait ouïr.

— Nous espérons que notre expédition de chasse sera couronnée de succès, Kenzie. Au moins un ou deux cerfs, et une ou deux oies.

— Oui, oncle Alex ! s'exclama le garçon, qui se mit à sautiller d'enthousiasme. C'est ce que je préfère ! J'adore les tourtes à la viande de venaison. Nous devons revenir à temps, papa. Y aura-t-il aussi des tartes aux fruits, tante Maddie ?

Loki ne put s'empêcher de sourire en voyant le petit garçon verbloier[3] ainsi. Lui-même avait sans doute été dans cet état après ses premières expériences avec les Grant et leur merveilleuse cuisine. Un drôle qui avait souvent souffert de la faim apprenait à apprécier les bienfaits de la bonne nourriture.

— Bien sûr, dit Maddie avec un sourire. Nous avons récolté beaucoup de baies et de pommes. Il y en aura pour tout le monde. Nous ne manquerons pas d'en envoyer un panier à ta maman et à tes grands-parents si tu n'es pas de retour à temps pour le festiage. Je vous donnerai un sac de fruits et des gâteaux d'avoine pour votre voyage.

— Mais nous reviendrons à temps. Nous y arriverons ! s'exclama Kenzie, promenant son regard entre Alex et Maddie. N'allez-vous pas décorer le hall d'entrée avec des branches de sapin pour que cela sente bon ?

— Oui, nous allons le faire.

— Il y aura des joncs ?

— Oui.

— Et de grandes et belles miches de pain ?

Maddie sourit.

— Bien sûr que oui. Je te ferai une miche rien que pour toi, Kenzie.

— Papa, nous devons revenir à temps ! Il le faut !

La porte s'ouvrit à la volée, et une bourrasque s'engouffra derrière les nouveaux venus. Jamie,

---

3   Parler de façon volubile.

le fils d'Alex et Maddie, entra avec son second, Finlay, ainsi que le frère de ce dernier, Fergus. Gillie les suivit, tapant des pieds pour se réchauffer. Le drôle, un orphelin de quatorze printemps, avait rejoint le clan Grant après la récente bataille contre les Buchan.

— Loki, qu'est-ce qui t'amène sur la terre des Grant par ce temps froid ? s'exclama Jamie, les joues roses à cause du temps.

Il leur adressa un sourire avec sa bonne humeur habituelle.

— Nous avons un voyage important à faire jusqu'à Ayr. Kenzie et moi devons aller rendre visite à de vieux amis.

Loki jeta un coup d'œil à Kenzie, espérant qu'il ne parlerait pas de ses rêves à tout le monde. Ils avaient déjà créé suffisamment d'agitation.

— Pourquoi ne pas emmener Gillie ? s'enquit Jamie. Il avait prévu de vous rendre visite au moment de l'arrivée du bébé.

Gillie sourit.

— Euh… Je serais bien venu avec vous, mais je préfère être ici pour le solstice d'hiver, après toutes les histoires que l'on m'a racontées au sujet de la nourriture. Je rentre à la maison pour aider Nicol dans ses corvées, mais je voulais m'arrêter pour vous saluer, Kenzie et toi.

Il resta un moment à discuter avec Kenzie, puis il partit avec un signe de la main. Alors que la porte se refermait derrière lui, une voix discrète dit :

— J'aimerais venir avec vous, si tu le veux bien.

Fergus, qui avait parlé, releva le menton.

Finlay lança un regard surpris à son frère aîné. Ils avaient perdu leur mère peu de temps avant, un chagrin que tous les membres du clan ressentaient encore. Des frères, Finlay était celui qui s'était le mieux remis de son deuil. Il avait épousé Kyla, la fille d'Alex et de Maddie, mais Fergus semblait toujours perdu. Ce serait peut-être bon pour lui de partir.

— Vraiment ? s'enquit Finlay. Tu veux retourner à Ayr ? Pendant le solstice ? Pourquoi ne pas rester et profiter des festiages[4] ? Cela te ferait du bien.

— Oui. Je ne sais pas quoi dire, si ce n'est que je me sens agité. Je suis perturbé depuis que nous avons perdu maman. Loki ? Qu'en dis-tu ?

Fergus ne regardait personne d'autre pour demander conseil. Loki jeta d'abord un coup d'œil à son oncle Alex pour voir sa réaction, mais, comme toujours, l'homme masquait bien ses sentiments. Alors il observa les autres avant de répondre.

Finlay recula de deux pas, restant hors de la vue de son frère, et il secoua la tête pour dire non. Jamie fit un pas derrière Finlay et hocha la tête pour signifier son approbation.

Finalement, Loki se tourna vers sa tante Maddie. Il s'arrêta un instant pour réfléchir à sa bonté, et au fait que tous appréciaient sa présence et ses conseils. Puis elle lui fit un signe de tête à peine perceptible et un clin d'œil.

— Prépare tes affaires, dit Loki. Nous partirons à l'heure de prime[5], dès que nous aurons le

---

4   Fêtes, festivités.

5   Première heure du jour, lever du soleil

ventre plein. Nos repas seront au bon vouloir de
la chance au cours de notre voyage.

Fergus MacNicol quitta la grande salle, le
sourire aux lèvres. Il ne savait que trop bien que
son frère le suivrait. Il ouït la porte se refermer
derrière lui, et Finlay se précipita pour lui parler.

— Ta décision n'aurait-elle pas pu attendre que
nous parlions à Da ?

Fergus jeta un regard de côté à son frère,
emmitouflé dans la tunique de laine qu'il avait
portée pour s'entraîner dans les lices.

— Je sais que c'est la première fois que nous
fêtons le solstice sans maman, mais je ne veux
pas perdre mon frère aussi, dit Finlay avec un
frisson, avant de poursuivre. Le vent est glacial
hui. Allons-y.

Plutôt que de répondre, Fergus s'élança à
travers la cour en direction de la petite maison
qu'il partageait avec son père, et désormais avec
Gillie. C'était dans ce cottage qu'ils avaient perdu
leur mère à cause de cette affreuse masse qui lui
avait poussé dans le ventre. Finlay se mit à courir
derrière lui.

— Pourquoi maintenant ? s'écria son frère.

— Je n'ai pas choisi le moment du voyage de
Loki.

Ils arrivèrent devant la porte, et Fergus fit
irruption dans le cottage. Son père et Gillie
étaient occupés à empiler du bois à côté de l'âtre,
de quoi garder la maison au chaud pendant la

(environ 6 heures du matin pour nous).

nuit contre le vent violent. Le cottage était niché dans un coin de la cour, non loin de la courtine qui le protégeait du plus gros des bourrasques.

Dès qu'ils entrèrent, Finlay se précipita vers leur père. Haletant, il lui parla entre deux bouffées d'air.

— Fergus s'en va avec Loki.

Leur père n'hésita pas.

— Quand Loki part-il? Et pourquoi? Quels sont ses projets?

— Il emmène Kenzie à Ayr pour rendre visite à quelqu'un. Fergus a demandé s'il pouvait l'accompagner. Qu'en dis-tu, papa?

Nicol jeta du bois dans les braises mourantes, puis attisa le feu pour l'entretenir.

— À en croire ta question, je suppose que tu n'es pas d'accord avec la décision de Fergus. À moins que tu ne sois pas d'accord parce qu'il s'agit de Loki?

— Je pense que Fergus devrait rester avec nous. C'est notre première année sans maman. Nous devrions tous être ensemble.

— Mais tu as Kyla.

Finlay avait eu la chance d'épouser la personne idéale, ce qui n'était pas encore le cas de Fergus. À une époque, il s'était cru amoureux de Gracie Grant, mais il savait maintenant qu'ils n'auraient jamais fait une belle union. Gracie et Jamie étaient faits l'un pour l'autre, sans le moindre doute.

— Oui, donc papa sera seul si tu t'en vas.

— Non, je ne serai pas seul, répondit leur père qui se leva et se tourna vers eux.

— Quoi ? demanda Finlay, abasourdi.

— Cette année sera difficile pour nous tous. Finlay, tu viens de te marier, et tu célébreras le solstice avec la famille de ta femme. Tu sais que sa mère est très agitée pendant cette période, et qu'elle t'impliquera dans tous les projets des Grant. Je ne pourrais pas être plus heureux pour toi. J'ai fait des projets l'autre jour.

— Pourquoi ? demanda Fergus, aussi curieux que son frère.

— Brodie et Celestina se sont rendus au château de Curanta pour être auprès de Bella lorsque le bébé arrivera, et ils nous ont tous conviés à nous joindre à eux. Fergus, tu peux venir si tu le souhaites, mais si tu préfères voyager avec Loki, tu as ma bénédiction.

Brodie Grant et le père de Fergus étaient des amis de longue date, il n'était donc pas surprenant que le couple ait lancé une telle invitation.

— Tu savais que Loki s'en allait ? insista Finlay.

— Oui. Loki a envoyé un message à ses parents pour leur demander de l'aide. Le château des Grant est toujours très animé pendant les festiages, et Bella aura besoin d'aide, alors je leur ai dit que je serais heureux de les rejoindre, et Gillie veut y aller aussi, même s'il préférerait peut-être voyager avec les garçons.

— Alors, je serai seul ici ! s'exclama Finlay, les mains sur les hanches.

— Vraiment ? insista son père.

— Non, tu ne seras pas seul, intervint Gillie.

Finlay s'installa dans un fauteuil près de l'âtre.

— Non, j'aurai Kyla, Jamie, Gracie, et…

— Il y en a trop pour les compter. Je ne pourrais pas être plus heureux pour toi, mon fils. Gillie ne connaissait pas votre mère, alors il peut choisir où il souhaite aller, mais Fergus et moi sommes seuls. J'espérais qu'il m'accompagnerait chez Loki, mais s'il préfère se rendre à Ayr, je l'encourage à le faire, dit-il, puis il se tourna vers Fergus. As-tu une raison particulière pour t'en aller ? Puis-je t'aider d'une manière ou d'une autre ?

Fergus était assis à la table dans le coin de la pièce.

— Comme je l'ai expliqué à Finlay, je suis perturbé.

— Ta mère te manque, comme elle nous manque à tous. Je ressens exactement la même chose, c'est pourquoi je prévois de passer le solstice avec mon vieil ami. Tu te souviens que c'est Brodie et moi qui avons trouvé Loki caché dans les buissons à Ayr, n'est-ce pas ?

C'était un petit garçon à l'époque, comme son Kenzie. Finlay hocha la tête. Après un profond soupir, il se leva de sa chaise et se dirigea vers la table. Serrant l'épaule de son frère, il lui dit :

— Pars donc avec ma bénédiction, mais j'espère que tu reviendras avant le solstice.

Gillie se tenait près du tas de bois en se tordant les mains.

— Je vais rester ici avec votre papa. Ferons-nous aussi un festin au château de Curanta ? Je ne voudrais pas manquer celui de Maddie, mais je préférerais rester avec toi, Nicol.

— Oui, il y aura à manger dans les deux châteaux. C'est notre tradition au solstice d'hiver : nous festoyons et nous amusons avec le clan. Nous sommes suffisamment proches pour pouvoir faire les deux.

Gillie hocha la tête énergiquement.

— J'irai n'importe où du moment qu'il y a un festiage. J'en ai assez d'avoir froid et d'avoir faim pendant le solstice. Je n'ai aucune envie de retourner à Edinburgh. Peut-être un jour.

— Fergus, tu peux partir, avec notre bénédiction, déclara Nicol. N'est-ce pas, Finlay ?

— Oui, répondit ce dernier en serrant à nouveau l'épaule de son frère. Je te souhaite un bon voyage.

Fergus hocha la tête. Il ne dirait pas la vérité à son frère ou à son père.

Il devait trouver la femme de ses rêves.

CHAPITRE QUATRE

L OKI AVAIT ESPÉRÉ pouvoir parler à Gillie plus tôt, mais il y avait trop de monde. Un drôle vivant dans la rue était souvent au courant de tout ce qui se passait dans un bourg. Même s'il ne savait rien, il pensait qu'il était sage de poser la question.

Avant d'aller se coucher ce soir-là, Loki et Kenzie se rendirent au cottage de Nicol. À leur arrivée, Gillie et lui étaient les deux seuls présents, assis à table avec des boissons chaudes. Lorsque Nicol les invita à les rejoindre, Loki s'assit à son tour et fit signe à son fils de faire de même. D'instinct, il faisait confiance à l'ami de son père, aussi ne voyait-il pas d'inconvénient à parler ouvertement devant lui.

— Désolé de vous déranger si tard, dit Loki, mais nous espérions poser quelques questions à Gillie.

— Oui. Qu'y a-t-il? demanda ce dernier, curieux.

— Tu as vécu à Edinburgh pendant un certain temps. As-tu déjà ouï parler d'un homme qui porte des fourrures, même un capuchon de fourrure qui lui couvre le visage ?

— Jusqu'aux pieds, ajouta Kenzie, jetant un regard de côté à son père.

— Oui, j'ai vu un homme comme ça, répondit Gillie en haussant les épaules.

Il n'avait pas conscience de l'importance de sa révélation pour Kenzie et Loki.

— Vraiment ? s'exclama Kenzie qui se leva d'un bond.

Loki tira doucement sur le plaid de son fils jusqu'à ce qu'il reprenne sa place.

— Où l'as-tu vu, et quand était-ce ?

Il fit de son mieux pour masquer son propre enthousiasme, d'autant plus que le petit garçon était assez expressif pour eux deux. En plus, il se pouvait qu'il existe deux hommes comme lui.

— Enfin, c'est si vous parlez de l'homme aux bébés. Il venait à Edinburgh une fois toutes les deux lunes à la recherche d'enfants qui vivaient dans les rues. Il les emmenait avec lui, et il les nourrissait dans son grand cottage.

— Pourquoi ne l'as-tu pas suivi ? s'enquit Kenzie. S'il était venu à Ayr quand j'y étais, je l'aurais fait. De trop nombreuses nuits, il faisait très froid.

— J'ai remarqué qu'il emmenait les plus jeunes en général, mais pas les garçons de mon âge. Quand je l'ai vu pour la première fois, j'ai demandé à d'autres personnes de me parler de lui, et on m'a dit qu'il était très connu. J'ai rencontré quelqu'un qui avait vécu avec lui pendant un certain temps. Il recueillait les âmes perdues, c'est ainsi qu'il les appelait. Si tu n'avais pas de maison, et que tu voulais manger, c'était lui qui t'aidait. Il avait une dizaine de petits enfants dans son cottage, tous blottis à même le sol. Il dormait dans une autre pièce. Il les nourrissait, et eux faisaient des corvées.

— Et ils avaient plus chaud que moi.

— Mais tu n'as pas besoin de son aide, maintenant, Kenzie. Rappelle-toi pourquoi nous devons trouver cet homme aux fourrures.

Loki avait parfois du mal à garder Kenzie concentré, mais il tâchait de le cacher au drôle, faisant de son mieux pour le guider patiemment.

— Oui, papa. Où se trouve son cottage, Gillie ? Nous allons lui parler.

Gillie leur adressa un regard que Loki n'aimait pas.

— Je n'en sais rien. Désolé. Personne ne m'a jamais dit où il était, et je n'ai jamais demandé.

— Papa, nous devrions plutôt aller à Edinburgh. Nous allons dans la mauvaise direction.

— Peut-être pas, répondit Gillie. On disait qu'il voyageait dans tous les bourgs royaux écossais. Il rassemblait des enfants de partout.

— Alors, nous irons à Ayr. Te souviens-tu de ton rêve, Kenzie ? Nous devons le garder en tête.

Nicol et Gillie échangèrent des regards, mais aucun ne leur posa de question.

Le lendemain matin, le ciel était dégagé, et Loki s'en réjouit. Il n'y avait rien qu'il détestait plus que de voyager sous une pluie battante. Il préférait la neige à l'humidité qui vous trempait jusqu'aux os. Ce qu'il préférait dans le trajet vers

Ayr, c'était la vue imprenable qu'il offrait sur les montagnes des Highlands. Quelque chose dans cette étendue de terres magnifiques et accidentées lui rappelait à quel point il était petit par rapport à la grandeur de la nature et l'ancrait dans ses terres d'adoption. Il remerciait toujours les cieux quand il se trouvait devant cette vue, et il serait éternellement reconnaissant aux Grant d'avoir changé et élargi son monde.

Leur groupe était plus grand que Loki ne l'avait prévu, mais comme c'était presque le milieu de l'hiver, c'était une bonne idée d'avoir des voyageurs supplémentaires. En plus de Kenzie et de Fergus, il avait emmené trois de ses propres gardes, et l'oncle Alex avait insisté pour ajouter cinq autres hommes. Il avait prétendu les envoyer simplement pour les aider à chasser, mais Loki savait qu'il n'y avait pas que cela. Tous savaient que l'agitation régnait toujours dans les Highlands après la défaite de Glenn de Buchan, l'adversaire de longue date des Grant. Son oncle veillait à ce qu'ils bénéficient d'une protection contre les pillards en quête de pièces ou de richesses.

Ils étaient presque arrivés à Ayr lorsqu'ils trouvèrent une grotte où s'installer pour la nuit afin de se protéger du vent. La caverne était assez grande pour que les chevaux puissent s'y blottir juste au bord. Le vent continua de siffler un moment, mais les fourrures et l'abri les tenaient au chaud.

Ils laissèrent les chevaux paître pendant qu'ils faisaient un feu juste à l'entrée de la grotte pour faire cuire les deux lapins qu'ils avaient tués en chemin. L'habileté de Fergus à manier l'arc était impressionnante.

Ils étaient assis autour du feu à ronger des os de lapin et discutaient de leur plan pour le voyage jusqu'à Ayr.

— Vas-tu rendre visite à ton vrai père, le prêtre, Loki ? Ne vit-il pas à Ayr ? s'enquit Fergus.

— Oui, il vit là-bas la majeure partie de l'année, mais il se rend à Edinburgh à chaque Noël. Je ne le verrai sans doute pas, mais je sais qu'il ira rendre visite au bébé au printemps, répondit Loki, jetant son os de lapin dans les bois.

Ils mangèrent en silence jusqu'à ce que Kenzie ne puisse plus se taire.

— Papa, il a peut-être vu l'homme !

Loki lui jeta un regard en coin, puis il se dit que Fergus apprendrait sans doute bien assez tôt la finaison[6] de leur voyage.

— Fergus, tu as voyagé dans la région pendant notre grande bataille contre les Buchan, dit-il, puis il poursuivit sans révéler la vérité sur les rêves. As-tu déjà ouï parler de l'homme aux fourrures ?

Fergus y réfléchit un instant, puis il jeta un autre os hors de la grotte.

— Non, pas que je me souvienne. Pourquoi penses-tu que je sais quelque chose sur lui ?

Loki leva les yeux au ciel.

— Crois-tu que je n'aie pas remarqué toutes tes demandes pour retourner à Buchan et sur les terres des Cameron ? J'ignore ce qui t'attire là-bas, mais il y a forcément une raison pour laquelle un homme, qui n'a jamais aimé quitter sa maison,

---

6   But, objectif.

s'est porté volontaire trois ou quatre fois pour surveiller les environs avec les gardes des Grant. Veux-tu nous faire part de la véritable finaison de ton voyage ? Je suis ravi de t'avoir avec nous, mais cela me rend curieux.

— Peut-être que ma mère me manque. Mon frère n'est plus jamais là. Il est trop occupé à mener une vie heureuse avec Kyla.

Plutôt que de répondre, Loki se contenta de hausser un sourcil.

Fergus poussa un soupir.

— Ce n'est pas ainsi que je voulais le dire. Je suis heureux pour mon frère. Sincèrement. Mais tout cela me perturbe. C'est le mot qui convient le mieux. Je suis juste tourmenté.

Il prit soin de ne pas regarder Loki dans les yeux.

Le regard de Kenzie allait et venait entre les deux hommes, attendant de voir ce qui allait se passer.

Peut-être allait-il abandonner… pour le moment. Mais lorsque Loki se leva pour sortir de la grotte et se soulager, il ne put s'empêcher de lancer une remarque par-dessus son épaule.

— Je découvrirai qui elle est avant que nous ayons terminé ce voyage.

Kenzie éclata de rire.

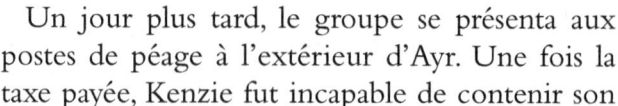

Un jour plus tard, le groupe se présenta aux postes de péage à l'extérieur d'Ayr. Une fois la taxe payée, Kenzie fut incapable de contenir son enthousiasme. Il bondissait sur la selle derrière Loki.

— Dépêche-toi, papa ! Nous devons nous rendre à Woodgait. C'est là que nous vivions tous les deux.

— Je n'arrive toujours pas à croire que vous avez tous les deux été abandonnés quand vous étiez jeunes et que vous avez survécu dans la nature, dit Fergus. Je n'aurais pas pu le faire.

— Tu serais surpris de voir ce que tu es capable de faire quand tu n'as pas d'autre choix, fit remarquer Loki alors qu'ils parcouraient les rues. Nous y avons été contraints, tout comme Gillie. Et puis, ce n'était pas la nature, Fergus. En fait, Kenzie et moi allons te montrer exactement où nous vivions.

Peu de temps après, Kenzie s'écria :

— Là-bas !

Une foule de souvenirs afflua dans l'esprit de Loki, tandis que la familiarité de son environnement l'enveloppait comme pour lui souhaiter la bienvenue. Mais il connaissait bien la vérité. Grâce à Brodie Grant, cet endroit n'était plus son foyer.

Cela faisait longtemps qu'il avait appris qu'il avait tout ce dont il avait besoin : ses camarades de clan, la beauté des Highlands et l'amour de sa douce Bella et de leurs enfants. Leur fils, Lucas, ne vivrait jamais dans une caisse froide derrière une auberge.

Il tira sur les rênes de son cheval et leva la main pour indiquer qu'ils s'arrêtaient. Après avoir libéré Kenzie, qui courut rapidement vers l'arrière de l'auberge, il descendit de sa monture et attacha la longe de son cheval à une branche de l'arbre le plus proche. Il espérait qu'ils ne trouveraient pas d'autres personnes vivant là où tous deux avaient passé tant de temps dans le froid, la faim et la solitude.

Quand il rattrapa Kenzie, Fergus sur les talons, ils fixèrent tous les deux le sol jonché de vêtements déchirés. Les mêmes trois caisses que Kenzie avait gardées soigneusement rangées étaient maintenant en désordre.

— Papa ? l'appela Kenzie, dont le regard se posa sur le désordre éparpillé devant lui.

Loki était sûr qu'ils pensaient la même chose.

Un homme grisonnant d'un certain âge s'approcha du groupe en contournant le bâtiment.

— Vous cherchez le drôle qui vivait ici ?

— Oui, répondit Kenzie, levant les yeux vers son père en quête de son approbation.

— Un garçon vit ici ? s'enquit Loki.

L'aubergiste posa les mains sur ses hanches.

— Vivait. Un garçon vivait ici.

— Pouvez-vous nous en dire plus ?

L'aubergiste se frotta les mains, comme pour en retirer des miettes. Il fixa le sol pendant un moment avant de relever la tête pour répondre à leur question.

— Ce pauvre garçon est tombé gravement malade. Un homme est venu il y a quelques jours, et il l'a emmené avec lui. Je ne le connaissais pas vraiment, mais il a dit qu'il voulait juste guérir le drôle.

— L'homme aux fourrures! Ce devait être lui! N'est-ce pas?

Kenzie avait du mal à tenir en place; il s'agitait d'un côté à l'autre, observant tous les détails de cet endroit à l'arrière de l'auberge.

— Oui, répond l'aubergiste. C'était l'homme qui vient une fois par an. Il n'est jamais là longtemps, mais il sème l'espoir parmi les plus jeunes. Que savez-vous de lui?

— Très peu de choses, répondit Loki. Mais nous sommes à la recherche de l'homme couvert de fourrures. Savez-vous où il se rendait?

— Oui. C'était il y a quelques jours; il a dit qu'il emmènerait le drôle à Doongait pour voir s'il pouvait le guérir. Dans le cas contraire, il a dit qu'il le ramènerait chez lui, mais il n'a pas précisé où c'était.

— Nos remerciements.

Il adressa un signe de tête à l'aubergiste. Celui-ci se retourna en secouant la tête, et il regagna la chaleur de son auberge.

— En selle, mon garçon, dit Loki à Kenzie. Nous partons pour Doongait. Fais vite.

Loki n'aurait pu être plus satisfait. Si l'homme aux fourrures était encore à Ayr, ils le trouveraient sûrement. Il ne voulait pas en parler à Kenzie, mais il avait fait un nouveau rêve la nuit précédente, dans la grotte. L'homme aux fourrures lui était apparu et lui avait dit de se dépêcher.

Il ignorait ce que cela signifiait, mais il pensait qu'il valait mieux tenir compte de sa demande.

Fergus prit son temps, patrouillant et scrutant tout Ayr pour voir s'il aurait la chance de trouver la femme de ses rêves, mais en vain.

Cela n'avait pas d'importance. C'était un homme patient. Il la retrouverait, même si cela lui prenait l'année entière.

Une partie de lui avait eu envie de se confier à Loki. Et pourtant… il savait de quoi cela aurait l'air aux yeux des autres. Ils le prendraient pour un fol amoureux, incapable de regarder la situation objectivement.

Mais il en était capable. Oui, Davina de Buchan était une belle femme, mais ce n'était pas seulement sa beauté qui lui avait fait tourner la tête. Cette bachelette[7] avait affronté une tragédie après l'autre, et elle avait survécu. Sa force le rendait humble, et il ne voyait aucune autre femme qu'il aurait préférée comme partenaire.

Pourtant, ils ne s'étaient parlé qu'une seule fois, une rencontre à l'abbaye de Lochluin qui l'avait imprégné jusqu'au tréfonds de son âme. Il n'en avait jamais parlé à personne. Comment pourrait-il expliquer à quel point il la voulait depuis lors ?

Il était retourné à l'abbaye, où il avait appris qu'elle était partie peu de temps avant. Les nunes[8] ne savaient pas où elle était allée. Elle leur avait simplement dit qu'elle allait s'installer seule dans

---

7   Jeune fille.
8   Nonnes, religieuses.

un cottage, près de « chez elle ». Ayr était proche des terres de Buchan, n'est-ce pas ? Quelqu'un se souviendrait sûrement d'elle si elle était passée par là. Elle était si belle, si unique…

Bien sûr, s'il la retrouvait, il restait la question de savoir si le clan de Fergus l'accepterait. Son passé était pour le moins trouble, et son père et son ancien amant l'avaient contrainte à jouer un rôle clé dans leur tentative de ruse contre Torrian Ramsay.

Mais les gens pouvaient changer. Il n'aurait qu'à convaincre tout le monde que c'était possible. Elle avait été confrontée à l'une des pires situations qui soient, mais tout cela appartenait peut-être au passé. Peut-être était-il temps pour eux de trouver un peu de bonheur. Il y avait en elle une bonté qui n'avait jamais pu s'épanouir, et il voulait plus que tout l'aider à la cultiver.

Il ne rentrerait pas sans elle.

———◦∾∾◦———

Alors qu'ils chevauchaient vers Doongait, Loki fit une rapide prière pour qu'ils trouvent immédiatement l'homme aux fourrures. Il devait rentrer auprès de Bella.

Dès leur arrivée à Doongait, ils se rendirent à la plus belle auberge, celle où les Grant séjournaient chaque fois qu'ils venaient dans le bourg. Ils installèrent leurs chevaux dans l'écurie de la ville, à l'abri du vent, mais dès que Loki ressortit, il se figea.

Il était là… l'homme aux fourrures. Il se tenait à moins de cinquante pas de lui, penché au-dessus d'un petit enfant grelottant. Kenzie l'aperçut quelques secondes après Loki, et l'expression d'horreur sur le visage du drôle fit froid dans le dos de son père. Le plus étrange, c'était qu'ils ne pouvaient pas voir son visage. Son capuchon en fourrure le masquait, comme dans leurs rêves.

— Je le vois. Papa, c'est l'homme de mes rêves !

Le doigt tremblant de Kenzie se leva lentement pour montrer l'homme.

Celui-ci leva à son tour la main pour les saluer, comme s'il comprenait la raison de leur présence. Le pouvait-il ?

Fergus se glissa derrière eux en chuchotant :

— C'est lui ?

— Oui, dit Loki. Attendez ici, je vais aller lui parler.

— Je peux venir, papa ? s'enquit Kenzie.

Son père lui fit un signe de la main pour lui indiquer de le suivre, seulement parce qu'il refusait de quitter des yeux cette vision qui hantait ses rêves depuis si longtemps. Ils traversèrent la route ensemble, et Loki alentit[9] le pas, comme s'il avait peur de découvrir la vérité. Comment Kenzie et lui avaient-ils pu rêver de cette personne qu'ils n'avaient jamais vue ? Il n'était jamais venu sur le territoire des Grant, ils n'avaient donc pas pu le rencontrer là-bas.

Lorsqu'ils arrivèrent près de l'homme aux fourrures, celui-ci laissa enfin choir son capuchon.

Il tapota la tête de Kenzie et murmura :

— Salutations, Kenzie.

---

9   Alentir = ralentir.

Le drôle ne dit rien, se contentant de le regarder, stupéfait.

— Nous nous rencontrons à nouveau, mon garçon.

CHAPITRE CINQ

L OKI TINT LA porte pour le vieil homme, jetant un coup d'œil à la fillette qui se trouvait à ses côtés. Il s'adressa à l'aubergiste, qui les conduisit dans une petite salle à manger privée avec une table pour six personnes et une cheminée où brûlait un feu.

Loki tendit une pièce à l'homme.

— Des tourtes à la viande et de la bière pour tout le monde, et du lait de chèvre pour l'enfant, si vous en avez.

L'enfant en question, qui n'avait pas l'air d'avoir plus de deux printemps, était décharnée et grelottante. Elle ne parlait pas, se contentant de poser sur eux ses yeux bordés de cernes.

Quand l'aubergiste sortit, Loki se tourna vers l'homme aux fourrures, dont ils ignoraient toujours le nom.

— Comment connaissez-vous mon nom ? demanda Kenzie.

L'homme s'installa dans le fauteuil le plus proche de l'âtre, souleva la petite fille sur ses genoux et la couvrit de ses fourrures pour la réchauffer. Il abaissa à nouveau son capuchon, révélant des joues potelées et une barbe blanche et grise bien fournie. Des rides couvraient la peau visible, et ses yeux gentils étaient d'une teinte de gris que Loki n'avait jamais vue auparavant.

Une fois qu'ils furent tous assis, l'homme répondit :

— J'espérais te revoir un jour. Nous nous sommes rencontrés, il y a deux étés de cela. Tu étais un nouveau venu au pays des orphelins et je t'ai offert de t'emmener chez moi, tout comme je vais le faire avec cette petite sur mes genoux.

— Mais je ne me souviens pas de vous ! déclara Kenzie, visiblement frustré par cette nouvelle.

— Qui êtes-vous ? s'enquit Loki.

Fergus se leva brusquement, les interrompant.

— Je vais aller surveiller les environs et m'assurer que nous sommes en sécurité pour la nuit. Ensuite, je trouverai un endroit où les gardes pourront dormir.

Loki acquiesça, puis lui fit signe de s'en aller.

— Je porte beaucoup de noms, dit l'homme aux fourrures, mais vous pouvez m'appeler Bor. Je voyage pour sauver les petits enfants. C'est ainsi que j'ai rencontré Kenzie. Il a mal vécu la mort de ses parents. Je l'ai invité à venir vivre chez moi, mais il a refusé. C'était son choix, mais je lui ai souhaité bonne chance.

— Bor…, commença Kenzie. Mais… je ne me souviens pas avoir parlé avec vous.

Loki posa la main sur l'épaule de son petit garçon.

— Parfois, lorsque la douleur est récente, elle empêche les choses de rester dans ton esprit.

Peut-être l'as-tu rencontré juste après avoir perdu tes parents. L'esprit a d'étranges manières de se protéger.

Du moins, il était presque certain que c'était la raison pour laquelle il ne se rappelait pas pourquoi il s'appelait Loki. Pour une raison qu'il ignorait, il avait bloqué ce souvenir.

Bor acquiesça, une lueur dans les yeux.

— Ce n'est rien si tu ne te souviens pas de moi. Nous sommes tous ici ensemble maintenant.

— Il y avait un drôle qui vivait derrière l'auberge de Woodgait, à l'endroit où mon père et moi avons vécu, dit Kenzie. Où est-il ? L'aubergiste nous a dit qu'il était malade.

Bor secoua la tête.

— Il est dans mon cottage, en train de guérir. Le froid et l'humidité étaient trop durs à supporter pour lui, et il était très malade. J'y retourne dès demain matin. Je veux ramener cette petite, Ami, avant qu'il ne soit trop tard pour elle. Elle a besoin de chaleur.

— Ami, c'est son nom ? demanda Loki.

La petite fille était jolie à souhait, même s'il lui manquait le gras nécessaire pour survivre aux rudes hivers de leur pays.

À ce moment-là, l'enfant descendit des genoux de Bor et s'approcha prudemment de Kenzie pour lui tirer la main.

— Elle ne parle pas ? s'enquit Kenzie qui hissa la petite sur ses genoux.

— Non, mais elle ne doit pas avoir plus de deux printemps. Elle s'appelle en réalité Amice. Tu es jeune, mon garçon. Elle recherche ta chaleur, celle que je ne peux lui offrir qu'avec mes fourrures. Enroule tes bras autour d'elle pour la réchauffer.

— D'où vient-elle? Elle est trop jeune pour perdre sa mère, constata Loki.

— Je l'ai trouvée à l'église. Elle était entrée et s'était installée sur l'un des bancs. J'ignore comment le prêtre connaissait son nom, mais c'était le cas. La seule chose qu'il a pu me dire, c'était qu'elle était anglaise et que ses parents étaient morts.

Kenzie réchauffa Ami du mieux qu'il le pouvait en l'entourant de ses bras. Elle se blottit contre lui, enfonça son pouce dans sa bouche et ferma les yeux.

Peu après, l'aubergiste revint avec un plateau de tourtes à la viande, ainsi qu'un bouillon odorant de légumes racines, des gobelets de bière, et du lait de chèvre pour la douce Ami. Avant de partir, il dit :

— Vos chambres à coucher sont prêtes, my lord.

Loki le remercia et l'informa qu'ils viendraient le voir lorsqu'ils seraient prêts à aller se coucher.

Ils mangèrent tous avec appétit, surtout Ami qui apprécia particulièrement le bouillon chaud. Elle resta assise entre Loki et Kenzie sur un grand tabouret que l'aubergiste avait apporté, leur offrant de temps à autre un sourire chaleureux. Une fois le repas terminé, Bor regarda Kenzie.

— Je sens que tu as d'autres questions pour moi, mon garçon. Pose-les et je répondrai si je le peux.

Kenzie lança un regard à Loki qui acquiesça,

l'encourageant à poser ses questions. Peut-être était-ce déjà presque la fin de leur voyage, même si Loki doutait que ce soit aussi facile.

Il était certain d'une chose. C'était l'homme de *ses* rêves.

Kenzie eut du mal à trouver ses mots, mais il croisa finalement son regard et lui dit :

— J'ai rêvé d'un homme avec des fourrures. Est-ce que c'est vous ?

Bor s'esclaffa.

— Fils, il y a beaucoup d'hommes qui voyagent couverts de fourrures à cette époque de l'année. Nous ne portons pas tous des plaids comme les Highlanders. Je suis un vieillard, je dois donc faire de mon mieux pour rester au chaud.

— Quel âge avez-vous, Bor ?

Ce dernier rit.

— Pour être honnête, je ne sais pas si je peux répondre à cette question. Je crois que j'ai perdu le compte.

— Depuis combien de temps recherchez-vous des orphelins ? Et où allez-vous ? intervint Loki.

Il souhaitait obtenir davantage d'informations de la part de l'homme.

— Je me rends surtout dans les bourgs royaux ; c'est à Edinburgh et à Ayr que je trouve le plus d'enfants seuls, mais il m'arrive aussi de me rendre à Glasgow. Certains d'entre eux ne sont pas orphelins, mais ils ont été abandonnés sur les marchés d'Edinburgh parce que leurs parents avaient trop de bouches à nourrir. Ils laissent les plus âgés ou ceux qui sont moins capables de les aider. Je peux accueillir jusqu'à quinze orphelins.

Bestla est ma chère épouse. D'autres femmes l'aident aussi, surtout quand je pars en voyage. Les enfants plus âgés doivent aussi apprendre à aider. En fait, quand quelques-uns s'en vont, j'en cherche d'autres. Ils grandissent et partent vivre leur vie.

Kenzie semblait plus perdu que jamais.

— Alors, vous êtes venu me voir dans mes rêves ? Je ne comprends rien du tout ! souffla-t-il.

Loki savait exactement ce que son fils ressentait. Pourquoi l'homme leur avait-il dit de se dépêcher ? Pourquoi serait-il venu les voir tous les deux ?

— Kenzie, souvent, si les gens font ce genre de rêves, c'est parce qu'ils sont perdus. Est-ce ton cas ?

Kenzie lança un autre regard à Loki, qui hocha la tête. Il était temps pour lui de tout raconter.

— J'aimais beaucoup mon papa et ma maman, mais ils sont morts d'une fièvre, expliqua-t-il, s'essuyant promptement les yeux quand ils s'embuèrent. J'ai vécu derrière l'auberge, et j'avais toujours faim et froid. Maintenant, j'ai une nouvelle maman et un nouveau papa.

— Pourquoi quitter ton clan à cette période de l'année ? Le solstice d'hiver approche à grands pas. Vous ne fêtez pas tous le milieu de l'hiver avec des festins et des réjouissances ?

— Si, et je ne voulais pas venir, parce que maman va bientôt avoir un bébé, et j'ai peur de manquer le gigantesque banquet de tante Maddie, et Grandpa et Grandma sont dans notre château, et je les aime. Mais, est-ce que c'est mal de les aimer comme mes vrais parents, et Loki et Bella, de les aimer tous ? Est-ce que mon père serait en colère contre moi s'il savait que j'ai voyagé pour aller vivre avec un autre ?

Il passa une main sur son front comme s'il était épuisé par toutes les pensées qui lui passaient par la tête.

— L'homme aux fourrures est venu me voir et il... non, *vous* m'avez demandé d'amener mon père à Ayr, mais je ne comprends pas pourquoi, et Grandma a dit quelque chose qui m'a encore plus perturbé.

— Que t'a-t-elle dit ?

— Elle a expliqué que plus on donne d'amour, plus on en reçoit.

— Et tu ne comprends pas cela ?

— Non. Comment reçoit-on l'amour ? Tous me donnent de la nourriture, des vêtements, des câlins, une fronde et mes amis... Je ne sais pas comment leur rendre de l'amour. Et s'ils changeaient d'avis et qu'ils voulaient que je parte..., dit-il avant de s'interrompre quand ses larmes se mirent à couler à flots.

— Cela n'arrivera jamais, dit Loki avec fermeté. Nous t'aimons tous, Kenzie. Nous ne te laisserions jamais partir, à moins que tu n'aies grandi et que tu veuilles partir ailleurs. Alors, ce serait ton choix.

— Kenzie, je pense que tu devrais venir voir mon cottage, lui dit Bor. Rencontrer les enfants qui vivent avec moi. Peut-être que cela répondrait à certaines de tes questions.

— Peut-on y aller, papa ? Je veux voir le garçon qui vivait là où nous avons vécu.

— Où est votre cottage, Bor ? demanda Loki.

— Plus près d'Edinburgh. Si nous partons tôt, nous devrions y être à l'heure de sixte[10].

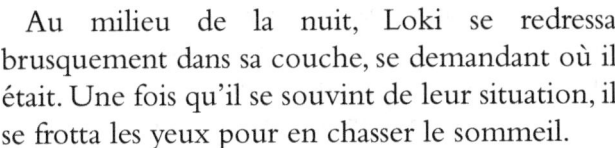

Au milieu de la nuit, Loki se redressa brusquement dans sa couche, se demandant où il était. Une fois qu'il se souvint de leur situation, il se frotta les yeux pour en chasser le sommeil.

L'homme aux fourrures était revenu dans son rêve, mais, cette fois, son capuchon lui masquait tout le visage.

— Pourquoi ne demandes-tu pas à l'homme ? s'était enquise la silhouette encapuchonnée. Vas-y, demande-lui ce que tu veux savoir.

Loki avait secoué la tête, refusant de poser des questions. Kenzie parvenait à obtenir beaucoup des réponses qu'ils voulaient ; il n'était donc pas nécessaire qu'il admette qu'il faisait lui aussi l'expérience de ces rêves.

En retour, l'homme lui avait dit :

— Mais Kenzie ne sait pas quelles réponses tu cherches, n'est-ce pas ? Tu es le seul à savoir ce qui te déchire de l'intérieur. Pose la question.

L'homme aux fourrures avait encore raison. Si Loki voulait se libérer de ce qui le hantait, il devait en parler ouvertement. Sa mère l'avait nommé Lucas, alors, qui lui avait donné le nom de Loki ?

C'était une question simple, pourtant son âme ne trouverait pas le repos tant qu'il n'aurait pas trouvé la réponse.

---

10   Équivalent de midi pour nous.

Fergus revint à l'auberge. Il était encore parti au milieu de la nuit, l'âme troublée. Il passa les doigts dans cette barbe rousse qu'il avait laissée pousser pour se réchauffer le visage en hiver, puis il fit de son mieux pour lisser ses longues mèches. Les extrémités avaient commencé à s'enrouler. Il aurait peut-être dû les couper, mais elles maintiendraient son cou au chaud pendant le froid de l'hiver des Highlands. À sa naissance, sa chevelure était de la même couleur que celle de son frère Finlay, mais celle de ce dernier s'était assombrie alors que la sienne était restée d'un roux intense. Fergus était un peu plus petit que son frère, mais avait passé beaucoup de temps à travailler dans les lices pour développer sa force. Ses épaules s'étaient élargies à force de manier l'épée.

Depuis que Finlay était devenu le second de Jamie, Fergus se sentait un peu perdu. Pendant un temps, chacun d'eux avait espéré devenir le second de Loki, rivalisant pour ce poste vénéré, mais la maladie de leur mère les avait rappelés à la maison.

À la connaissance de Fergus, personne n'avait encore été désigné pour occuper ce poste convoité. Bien qu'il répugne à quitter son père et son frère, il n'aurait pas pu trouver plus proche du clan Grant que le château de Curanta. Au retour de leur voyage, peut-être demanderait-il à Loki ce titre qu'il désirait toujours.

Il avait deux finaisons désormais. La première était d'impressionner Loki, et la seconde était de trouver la bachelette de ses rêves. Elle était proche, il le sentait. Mais où ? Il avait passé la nuit à parcourir Ayr, demandant à tous ceux qu'il rencontrait s'ils avaient déjà vu une jeune femme ressemblant à celle qu'il cherchait désespérément.

Rien. Rien du tout. Personne.

Où diable allait-il pouvoir la trouver ?

CHAPITRE SIX

ILS ARRIVÈRENT AU cottage de Bor en
milieu de journée, comme il l'avait dit. Dès
qu'il ouvrit la porte, une nuée de petits pieds
se précipitèrent vers lui, tous se bousculant pour
étreindre papa Bor, comme ils l'appelaient. Deux
femmes s'occupaient des enfants. Tandis que
l'une d'elles se tenait près de l'âtre à remuer une
marmite remplie d'une sorte de ragoût, l'autre se
précipita vers la porte pour accueillir le nouveau
membre de la famille Bor.

— Bestla, voici Amice, ou Ami comme je
l'appelle, lui annonça son mari, faisant entrer la
petite fille. Elle aime beaucoup Kenzie, mais elle
a désespérément besoin d'un bain chaud.

Il présenta leurs invités, puis il confia la fillette
aux mains expertes de Bestla. Ami tendit les bras
vers Kenzie, sans toutefois émettre le moindre
son.

— Croyez-vous qu'il soit possible qu'elle
n'ouïsse pas ? J'ai rencontré quelqu'un comme ça
une fois, dit Kenzie. Il ne pouvait ni ouïr ni parler.

Bor pencha la tête d'un côté, puis de l'autre, et
dit :

— C'est possible. J'ai connu un couple qui a abandonné son enfant parce qu'il ne pouvait pas parler.

Bestla haleta et jeta un regard sévère à Bor alors qu'elle confiait Ami à Kenzie.

— C'est une honte ! Peut-on imaginer faire une telle chose à un enfant innocent ?

Tout en secouant la tête et en faisant claquer sa langue, la femme poursuivit sa tâche. Elle dénicha une petite baignote[11] à l'arrière et manda[12] aux garçons plus âgés de faire chauffer de l'eau et de la remplir lorsqu'elle serait prête. Pendant tout ce temps, Ami s'agrippait de toutes ses forces à Kenzie, ses yeux écarquillés, observant toute l'agitation qui régnait autour d'elle.

Bor fit signe à Loki et aux autres de le suivre, mais Fergus répondit :

— Je vais m'occuper des chevaux et parcourir les environs avec les gardes.

Loki acquiesça, se demandant pourquoi Fergus agissait aussi étrangement ces derniers temps, même s'il soupçonnait que cela avait à voir avec une bachelette. Mais cette pensée s'évanouit rapidement. Sa finaison était d'obtenir des réponses. Bor leur fit traverser le grand cottage, montrant du doigt la petite chambre qu'il partageait avec Bestla. Puis il passa dans la chambre suivante, deux fois plus grande que la sienne, et jonchée de petites paillasses, avec des couvertures et des plaids partout.

— C'est ici que tous les enfants dorment.

---

11   Baignoire.
12   Mander = ordonner.

— Où trouvez-vous l'argent pour nourrir tant de petits, Bor ? s'enquit Loki. Je suis sûr que vous avez votre propre jardin, mais vous n'avez pas de chasseurs autour de vous, n'est-ce pas ?

— Non, pas de chasseurs, mais j'ai beaucoup de soutien. De nombreuses personnes reconnaissent que mon travail est nécessaire, et elles sont heureuses de partager ce qu'elles ont. Je rapporte des sacs de céréales et de pommes, des écheveaux de laine, et les femmes des environs sont toujours prêtes à m'aider. Vous n'avez pas besoin de vous inquiéter pour nous. Nous sommes vraiment bénis.

Kenzie sautillait d'un pied sur l'autre, sa manière habituelle d'indiquer qu'il avait une question à poser.

— Qu'y a-t-il, Kenzie ? demanda Bor avec un sourire chaleureux.

— Le garçon qui vivait derrière l'auberge, lequel est-ce ?

Papa Bor hocha la tête.

— Je vais aller le trouver pour toi, mon garçon.

Il retourna dans la pièce principale, réchauffée par le grand foyer sur le mur du fond. Loki le suivit, espérant que l'enfant voudrait bien parler à son fils. Il se remémorait à quel point on pouvait s'endurcir en vivant dans des conditions aussi difficiles.

— Bestla, dit Bor, le drôle de l'arrière de l'auberge ? Le malade. Où est-il ?

Son regard balaya le groupe de jeunes visages, qui le fixaient tous. Loki remarqua une différence entre ces enfants et ceux qui vivaient avec le clan

Grant : l'absence de rires. Il aperçut quelques sourires, des petites filles blotties près de l'âtre qui chantaient entre elles, mais tout cela était bien triste. S'il ne doutait pas que le travail de Bor avait permis d'améliorer l'existence de ces enfants, il s'interrogeait tout de même sur leur bonheur. Il se dirigea vers la porte arrière et jeta un coup d'œil à l'extérieur où plusieurs garçons plus âgés coupaient du bois ou s'entraînaient avec un arc et des flèches.

Il faudrait qu'il abatte un sanglier avant de partir. Ces enfants étaient tous trop maigres.

— Papa !

Le cri de Kenzie le ramena à l'intérieur, juste à temps pour rattraper son fils qui lui fonçait dessus et sautait dans les airs. Le garçon se cramponna à lui de toutes ses forces, secoué de sanglots. Loki jeta un regard à Bor, espérant avoir une explication au changement soudain d'humeur de son fils.

— Le drôle de l'auberge est décédé, dit l'homme sur un ton beaucoup moins enjoué. Je me disais qu'il était peut-être trop malade pour être ramené à la maison, mais cela valait la peine d'essayer.

Les larmes de Kenzie s'apaisèrent pendant un court instant.

— Au moins, il était au chaud quand il est mort. Certains jours, je croyais que j'allais mourir dans le froid, expliqua-t-il.

Il s'agrippa à la tunique de son père et lui murmura :

— Promets-moi de ne pas me renvoyer. S'il te plaît, papa ! Je t'en prie !

— J'ignore d'où te vient cette idée saugrenue, mais nous ne te donnerons à personne, répondit Loki. Jamais. Nous ne te laisserons pas partir, alors cesse de penser ainsi, ou tu vas me rendre fol à force de m'inquiéter pour toi.

— Papa, ne devrions-nous pas les emmener tous à la maison ?

Bor arriva derrière lui.

— Et me laisser tout seul ? Tu ne vas pas me faire ça ! Maintenant, je comprends pourquoi ils sont tristes. Nous avons perdu un garçon qui nous était cher, même si nous ne le connaissions que depuis peu. Je pense que nous devrions nous rendre au marché d'Edinburgh pour trouver quelque chose de spécial pour faire plaisir aux enfants. Je serais honoré que tu voyages avec moi, Kenzie.

Le petit garçon se laissa choir au sol et essuya ses larmes.

— Oui ! J'aimerais y aller, papa. Est-ce que nous pouvons y aller ?

— Oui, puisque nous ne sommes pas loin. Nous chercherons un cadeau pour ta maman, Kenzie.

C'est alors qu'une petite silhouette se faufila vers Kenzie, tirant sur son plaid. Ami s'était apparemment prise d'affection pour lui. Elle était presque méconnaissable maintenant que ses cheveux avaient été lavés et que sa peau avait été débarrassée de la saleté. Ses cheveux roux brillaient à la lueur du feu et ses yeux verts innocents fixaient Kenzie alors qu'elle lui tendait ses petites mains. Il s'assit sur le sol et Ami s'installa sur ses genoux, remettant son pouce dans sa bouche.

— Tu t'es trouvé une nouvelle amie, mon garçon, dit papa Bor en riant. Edinburgh n'est pas très éloigné d'ici. Nous pourrons y aller demain matin.

— Si vous le voulez bien, j'aimerais y aller, hui, dit Loki. Ma femme porte un enfant, et elle devrait bientôt accoucher. J'aimerais être de retour avant.

— Nous pourrions y aller, hui, n'est-ce pas, papa Bor ? lui demanda Kenzie.

— Oui. Accordons-nous d'abord une petite pause, d'accord ? Nous allons boire une bière, nous occuper un peu des enfants, puis nous partirons. Cela vous convient-il, Loki ?

Loki acquiesça, envahi d'un sentiment étrange : l'impression que quelque chose d'important allait se produire, ou pouvait être en train de se produire, à la maison. Il ne pouvait pas l'expliquer, pas plus qu'il ne pouvait le nier. Un sentiment de nostalgie le tiraillait. Il n'aimait pas passer du temps loin de sa Bella.

Ils s'installèrent à une grande table à tréteaux, qui se trouvait au milieu de la pièce, et prirent un petit repas. Fergus n'ayant toujours pas donné signe de vie, Loki décida d'aller le chercher à l'extérieur.

Quand il le trouva, il n'était absolument pas en train de s'occuper des chevaux, mais d'interroger des drôles derrière le cottage. À la surprise de Loki, Bor l'avait suivi dehors.

— Fergus, nous nous rendons à Edinburgh

pour chercher quelques provisions. Tu viens avec nous ?

Fergus se retourna, mais son regard se porta sur Bor.

— Y a-t-il une chance que vous ayez vu une belle jeune femme aux cheveux noirs et ondulés ? Elle voyage avec une petite fille. Elles seraient arrivées dans la région au cours de la dernière lune. Elle vivait à l'abbaye de Lochluin, mais elle est partie pour s'installer dans son propre cottage.

Le regard de Bor passa de Loki à Fergus, et son sourire s'évanouit.

— Qu'en est-il de cette jeune femme ? La connais-tu ?

— Oui, dit Fergus, les yeux écarquillés par l'enthousiasme.

Son expression montrait clairement qu'il ne s'était pas attendu à une réponse affirmative.

— Je l'ai rencontrée à l'abbaye. J'aimerais la revoir.

— Je doute qu'elle soit plus intéressée par toi que par n'importe quel homme.

— Écoutez, je sais que cela peut paraître étrange, mais j'aimerais voir si nous pourrions nous convenir. Ce que je demande, c'est une occasion de discuter avec elle, voire de lui faire la cour. Si elle me renvoie, je l'accepterai.

Bor réfléchit un temps avant de hocher la tête.

— Elle est dans le cottage au bout de la ravine.

— Merci beaucoup, Bor, répondit Fergus, qui partait déjà dans cette direction. Je serai là à ton retour, Loki. Tu n'as pas besoin que je vienne avec vous, n'est-ce pas ?

Loki secoua la tête, déconcerté par cet échange. Qui Fergus pouvait-il bien rechercher ? Comment avait-il su qu'elle serait là ?

— Je prendrai six gardes, prends les autres avec toi, lui dit-il. Nous serons de retour rapidement.

Lorsqu'ils partirent un peu plus tard, un sentiment étrange filtrait encore à travers les pores de Loki, sans qu'il puisse l'expliquer à qui que ce soit.

Fergus se réjouissait secrètement que Loki soit parti pour Edinburgh. Cela signifiait qu'il aurait un jour ou deux pour chercher à gagner les faveurs de Davina.

Il craignait de s'être amouraché d'elle, mais chaque fois qu'il revivait leur rencontre dans son esprit, il savait que c'était plus que cela. Il y avait quelque chose de spécial chez elle, quelque chose de spécial dans leur rencontre. Il laissa son esprit y revenir alors qu'il se dirigeait vers son cottage.

C'était le jour qui avait suivi la grande bataille contre les Buchan, et tous les guerriers étaient rassemblés sur les terres des Cameron. Fergus s'était levé tôt pour accomplir son devoir de protecteur du clan Grant, en partie à cause des festiages à venir. Son petit frère Finlay était sur le point d'épouser la fille aînée d'Alex Grant. Qui l'aurait cru ? Il était ravi pour eux deux et déterminé à faire sa part pour s'assurer qu'aucun des brigands qui avaient survécu à la bataille sur les terres de Buchan ne les suivrait jusqu'ici.

Jake Grant, l'un des deux lairds du clan, avait

envoyé un groupe de guerriers, dont Fergus et d'autres membres des clans Grant, Ramsay et Cameron, pour arpenter les terres de ces derniers en quête d'intrus. Les noces allaient être célébrées en hâte, en partie pour éviter que la nouvelle ne se répande dans le pays. Les vagabonds auraient pu se laisser tenter par la perspective d'un mariage.

Kyla Grant, la future mariée, l'ignorait, et elle n'en avait été informée que plus tard.

— Séparons-nous ! s'était écrié Cailean MacAdam, du clan Ramsay. Je veux que cela soit fait rapidement. Nous n'avons vu aucune trace de maraudeurs.

Fergus avait été dirigé vers l'abbaye de Lochluin. Il n'avait pas hésité et s'y était rendu aussitôt.

Une fois arrivé là-bas, il n'avait rien trouvé, et il avait été sur le point de repartir lorsqu'un cri avait fendu l'air. Il s'était précipité à travers les buissons et s'était enfoncé dans la forêt, d'où provenait le son.

Ce qu'il avait vu dans ces bois le hanterait toujours. Une bachelette se tenait entre deux hommes répugnants, qui riaient et s'amusaient à la pousser entre eux, la touchant partout où ils le voulaient.

Fergus avait dégainé son épée.

— Éloignez-vous de cette jeune fille ou je vous coupe les mains.

Les deux hommes s'étaient retournés, surpris.

— Oh ! Tu en veux un morceau ? Eh bien, tu devras attendre ton tour ! Elle est pour moi d'abord. Je l'ai trouvée.

La fille avait pivoté, donnant des coups de pied

et griffant, se démenant comme jamais, mais ils avaient été deux à tirer sur elle, et elle était dominée.

Fergus n'avait eu que deux choix. Aller chercher de l'aide ou prendre le risque de les affronter tous les deux en même temps.

Il avait eu sa réponse quand il avait détaché son regard des deux ordures pour poser les yeux sur ceux de la jeune femme. Elle était magnifique et elle craignait pour sa vie. Il n'avait jamais vu ce genre d'expression de près. C'est alors que l'un de ses assaillants avait commis une erreur fatale.

Il l'avait giflée. Elle avait craché sur l'imbécile, à la grande surprise et pour le plus grand plaisir de Fergus, mais ce n'était pas assez. Son père lui avait appris à ne jamais lever la main sur une femme et à ne jamais laisser personne d'autre le faire non plus. La fureur qui était montée en lui avait été sans limites ; il avait sauté de son cheval et s'était élancé sur l'ordure.

L'assaillant de la bachelette l'avait relâchée un instant et avait saisi son épée. Dès que l'homme avait dégainé son arme, Fergus avait fait tournoyer son fer dans un mouvement puissant et lui avait tranché le flanc, l'obligeant à ouvrir la main.

Le deuxième homme lui avait foncé dessus sous les cris de la jeune femme. Il s'était replacé et avait abattu le plat de son épée sur le bras de l'homme, l'obligeant à lâcher son arme en plein vol. Il avait alors plongé la pointe de son épée en plein dans son ventre, le tuant sur le coup.

Fergus avait retiré son arme et en avait essuyé la lame sur les vêtements du brigand. Il avait jeté un regard de côté, juste à temps pour voir la bachelette courir tout droit dans la forêt, la pire direction possible.

— Non ! s'était-il écrié. Il pourrait y en avoir d'autres !

Elle ne l'avait pas écouté et avait couru comme si elle était toujours poursuivie.

— Je ne te ferai pas de mal. Je t'emmènerai là où tu veux aller.

Elle l'avait ignoré. Bon sang ! Il avait dû lui courir après. La voix de sa mère lui était revenue en mémoire. *Il était plus jeune, et une petite fille avait chu sur un gros rocher. Sa mère lui avait dit :*

— *Aide-la, Fergus. Tu es plus grand qu'elle.*

— Arrête ! Je vais t'aider ! Mais tu repars en direction du danger.

Elle avait continué à l'ignorer, puis l'avait surpris en s'arrêtant net. Elle s'était penchée et avait soulevé un bébé d'un endroit couvert de mousse. Lorsque Fergus l'avait rejointe, il avait regardé avec stupeur la petite fille, profondément endormie dans les bras de sa mère.

La bachelette s'était retournée et l'avait fixé.

— Si tu nous touches, le bébé ou moi, je ferai tout ce que je peux pour te faire mal.

La fureur et la douleur contenues dans ses yeux lui prouvaient qu'elle en pensait chaque mot.

— Je te crois. Je t'ai vue combattre deux hommes toute seule, poussée par quelque chose. À présent, je sais ce que c'était, avait-il répondu avec un petit signe de tête en direction de l'enfant endormie. M'insulter en pensant que je pourrais blesser une femme, c'est une chose, mais un petit bébé ? Jamais !

Il avait pris une grande inspiration, faisant de son mieux pour arrêter de haleter.

— Où vas-tu ?

Elle avait essuyé une larme solitaire sur sa joue.

— Nous nous rendons à l'abbaye. Si tu le veux bien, j'apprécierais que tu m'accompagnes, mais si tu cherches à obtenir des faveurs en retour, va au diable.

Fergus n'avait pu s'empêcher de rire. Elle l'avait regardé, les yeux écarquillés, choquée.

— Pardonne-moi, lui avait-il dit rapidement. Je n'ai jamais ouï une fille parler comme ça. Beaucoup de *garçons* le font, mais là, c'est la première fois.

À sa grande surprise, elle avait ri et jamais il n'avait ouï de son plus doux.

— Je m'appelle Fergus.

— Tu appartiens au clan Grant, avait-elle dit, observant son plaid.

Il y avait eu une certaine tension dans ses paroles.

— Oui. Tu n'apprécies pas le clan Grant ?

— Je suis Davina Buchan. Ton clan vient de tuer mon père.

— Toutes mes excuses pour ta perte, mais…

Elle avait balancé ses cheveux en tournant la tête sur le côté, le regard perdu dans les arbres.

— Oui, je sais les problèmes qu'il a causés. Tu n'as pas besoin de me le dire. S'il n'avait pas engagé La Porte et emprisonné Kyla Grant, les

choses auraient pu se passer très différemment.
J'étais au plus près de toute cette situation.

Son bébé s'était agité un peu et Davina s'était
penchée pour l'embrasser sur la tête. Fergus avait
retiré son gant et passé la main sur la tête nue de
la petite, la caressant d'un mouvement apaisant
qui avait calmé ses pleurs. Il avait été aussi surpris
que Davina de son succès.

— C'est ta fille ?

— Oui, ma magnifique fille, Raina.

— C'est une merveilleuse motivation pour
donner des coups de pied et griffer. Je suis
admiratif de ta force. Puis-je t'escorter jusqu'à
l'abbaye ?

Elle avait levé les yeux vers lui et avait répondu :

— Oui. Et je te remercie de m'avoir aidée avec
ces imbéciles.

Fergus l'avait observée. En dépit de ses cheveux
en désordre et de ses vêtements maculés de boue,
elle était d'une beauté incomparable avec ses
cheveux noir corbeau et ses yeux sombres.

— Tu dois prendre garde de te protéger contre
les assaillants. Il est rare de trouver une belle
femme noble seule dans la forêt.

— Je devais me protéger du second de mon
père. C'est pour cela que je suis en fuite. Je ne
voulais pas le voir après la bataille.

Fergus s'était éclairci la gorge, réfléchissant à la
meilleure façon de lui annoncer la nouvelle, puis
il décida d'être franc.

— Le second de ton père n'a pas survécu. Mon
frère l'a tué au combat.

— Cela me fait plaisir. J'aimerais quand même me rendre à l'abbaye, pour voir si les nonnes veulent bien de moi.

Ils avaient commencé à marcher vers son cheval, et Fergus avait tâché de lui cacher les pires traces du combat. Lorsqu'ils avaient atteint sa monture, il s'était tourné vers elle, l'avait regardée dans les yeux et lui avait demandé :

— Puis-je t'aider ?

Elle lui avait donné son accord ; il l'avait hissée sur son cheval, l'enfant bien calée dans ses bras, et il était monté derrière elle après avoir ajusté son épée. Ils ne s'étaient plus parlé jusqu'à ce qu'il descende de cheval devant l'abbaye. Il avait tendu la main vers elle, puis il s'était arrêté et lui avait posé à nouveau la même question.

— Puis-je t'aider ?

Elle avait acquiescé, mais il avait remarqué le malaise dans ses yeux, qui lui avaient paru incroyablement tristes. Il aurait voulu la débarrasser à jamais de cette peur.

Il l'avait soulevée et l'avait posée à terre. Elle s'était tournée vers lui, serrant sa fille contre elle, avant de lui adresser un hochement de tête.

— Je te remercie, Fergus, d'être assez honorable pour me demander la permission de me toucher, et pour ne pas en avoir profité pour me toucher ailleurs. Je te remercie de m'avoir escortée.

⌘

Depuis, Davina n'avait cessé de hanter Fergus.

Il l'avait aperçue devant l'abbaye quelques jours plus tard, et elle l'avait salué, mais ils ne s'étaient pas reparlé. Il aurait aimé discuter avec elle, passer du temps avec elle…

À défaut d'autre chose, il aurait voulu l'aider. Kyla Grant lui avait expliqué tout ce que cette femme avait dû affronter durant sa courte vie. Elle avait été promise à Simon de La Porte, et le père de son enfant était le scélérat le plus connu du pays des Écossais au cours de la dernière décennie.

Peu après, Fergus était retourné à l'abbaye, dans l'espoir de parler vraiment à Davina, et, si tout se passait bien, de lui faire part de son intention de la courtiser, mais elle était déjà partie. Il avait passé ses autres voyages à Buchan et sur les terres des Cameron à la rechercher. À présent, contre toute attente, il l'avait retrouvée.

Il avait souvent l'impression que sa chère mère l'observait d'en haut, et quelque chose lui disait que c'était elle qui l'avait amené ici, dans ce lieu où il pouvait enfin lui parler et lui présenter sa requête.

Accepterait-elle qu'il lui fasse la cour?

En dépit du froid, Fergus avait les mains moites et son cœur battait à tout rompre. Une fois arrivé devant son cottage, il ne perdit pas courage, et alla frapper à la porte.

Lorsqu'elle s'ouvrit, il regarda droit dans les yeux l'une des plus belles femmes de tous les Highlands. Il s'éclaircit la gorge.

— Salutations, Davina.

Chapitre Sept

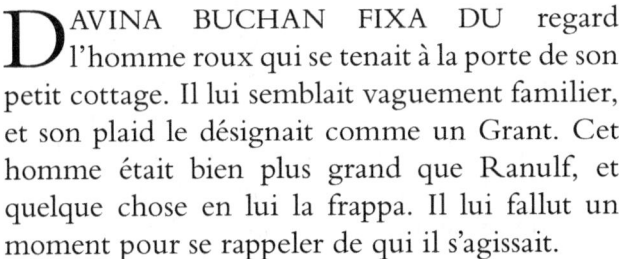

DAVINA BUCHAN FIXA DU regard l'homme roux qui se tenait à la porte de son petit cottage. Il lui semblait vaguement familier, et son plaid le désignait comme un Grant. Cet homme était bien plus grand que Ranulf, et quelque chose en lui la frappa. Il lui fallut un moment pour se rappeler de qui il s'agissait.

C'était celui qui l'avait sauvée lorsqu'elle s'était réfugiée à l'abbaye. Il avait tué deux brigands pour la défendre, puis il l'avait accompagnée jusqu'à son foyer temporaire à l'abbaye. Ce qui l'avait le plus surpris, c'était qu'il n'avait rien tenté d'inapproprié, ce qui était assez rare. Son père aurait dû la protéger de tels attouchements, mais quand elle avait atteint l'âge de seize ans, il avait déclaré qu'il était de son devoir, pour le bien du clan, de plaire aux hommes importants.

Fergus s'était également montré gentil avec Raina, il l'avait touchée avec douceur et tendresse. Maintenant qu'il se tenait sur le pas de sa porte à la regarder, elle remarqua autre chose à son sujet. Quelque chose qu'elle n'avait pas remarqué à l'abbaye.

Ses yeux.

Ils étaient d'un vert étrange, avec des taches bleues. Ce jour-là, dans la forêt, le ciel était couvert, si bien qu'elle ne les avait pas remarqués. Ils étaient magnifiques, et le plus beau, c'était la façon dont ils atteignaient son âme, l'attirant lentement vers lui. Ils l'avaient tellement envoûtée qu'elle se rendit compte qu'elle avait avancé vers lui sans le vouloir. Par réflexe, elle recula d'un pas, serrant sa fille endormie contre sa poitrine.

— Non, s'il te plaît, ne recule pas.

Elle ne savait pas du tout quoi lui dire ni pourquoi il était venu la chercher. Elle s'était juré de ne plus avoir affaire à un autre homme. Son propre père l'avait offerte comme une friandise à différents hommes de son choix. Elle n'en avait aimé qu'un seul, mais Ranulf MacNiven, le père de sa chère fille, était devenu fol quelque temps avant sa mort. Après la bataille au château de son père, elle s'était réfugiée à l'abbaye de Lochluin et s'y était cachée pendant quelque temps. Elle y avait rencontré Bor, qui lui avait offert ce cottage sans rien lui demander d'autre que d'aider Bestla si elle en avait besoin.

— Je t'ai cherchée partout, Davina. Je ne sais pas si tu te rappelles notre brève rencontre dans les bois près de l'abbaye de Lochluin, mais depuis lors, j'ai espéré pouvoir te parler à nouveau… Je voulais voir si ta fille et toi alliez bien. Je t'en prie, ne me rejette pas. Accorde-moi une chance.

— Une chance de quoi ?

S'il faisait ne serait-ce que songer à prononcer

le mot «accouplement», elle lui trancherait sa virilité à coup sûr.

— Une chance de mieux te connaître. Je souhaiterais avoir la possibilité de gagner ta confiance. Je… je sais ce que ton père attendait de toi, je peux donc imaginer à quel point ta vie a été difficile. Peut-être nous conviendrions-nous. Je pourrais t'offrir une vie meilleure que celle qu'il t'a donnée.

Elle ne put réfréner son halètement. La manière dont son propre père l'avait traitée était l'un des aspects les plus honteux de sa vie, et cet homme connaissait manifestement la vérité.

— Ne sois pas gênée. Ce n'est pas ta faute. C'est à ton géniteur qu'incombe la honte de ces mauvais traitements, pas à toi.

— Mon père est mort, ainsi que celui de ma fille, Ranulf.

La mort de son père ne lui causait aucune douleur, mais la perte de Ranulf la faisait encore souffrir, même si son âme véritable était morte bien avant que le sang ne cesse de couler dans son cœur. À la fin, il avait été consumé par son avidité et son ambition.

Elle avait juré bien des lunes plus tôt qu'ils ne lui manqueraient pas. Ranulf lui avait donné ce bébé qu'elle tenait dans ses bras, et c'était suffisant.

Non, elle n'avait pas besoin d'un homme dans sa vie pour l'utiliser, la blesser, lui ôter encore une fois son envie de vivre.

Comme s'il lisait dans ses pensées, Fergus lui dit :

— Je ne te ferai jamais de mal, et je ne lèverai

jamais la main sur toi. Mon père m'a appris à traiter les femmes avec gentillesse. En l'honneur de la vie de ma mère, que j'ai perdue il y a peu, je te jure de ne jamais te faire de mal physiquement. En toute sincérité, je ne peux pas te dire que je ne blesserai jamais tes sentiments, car cela pourrait arriver involontairement, mais j'aimerais essayer.

— Et que pourrais-tu faire pour moi ? Je n'ai pas besoin d'un amant, lui dit-elle alors que des larmes roulaient sur ses joues sans qu'elle puisse les retenir.

— Une chose. Accorde-moi une chance de faire quelque chose de gentil pour toi, et je m'en irai si tu le souhaites toujours.

— Quoi ?

Sa réserve d'acier s'adoucit soudain, même si c'était faiblement. Elle avait beau se battre, la solitude s'insinuait toujours dans son cœur et la faisait souffrir à l'occasion. Elle ne pouvait s'empêcher de se remémorer le lien qui s'était créé entre Kyla et Finlay… l'amour profond qu'ils se portaient. Parfois, elle aurait aimé avoir cela pour elle, mais elle craignait que cela n'arrive jamais.

— J'essuierai les larmes de tes joues si tu m'accordes ce simple plaisir.

Elle déposa sa fille endormie dans son berceau. Lorsqu'elle se redressa, elle adressa un signe de tête à Fergus.

— Tu as ma permission.

Il s'approcha d'elle et tendit la main vers sa joue, mais l'instinct de Davina prit le dessus, et elle tressaillit.

— Non, tu n'auras jamais à craindre mes mains, murmura-t-il. Je peux ?

Elle se pencha à nouveau vers lui, et la main de Fergus vint se poser sur sa joue, où son pouce essuya la larme avant qu'elle ne choie. C'était la caresse la plus douce qu'elle ait jamais ressentie de sa vie. Elle se souvenait de leur brève rencontre. Il était l'homme qui lui avait demandé la permission avant de la toucher, qui n'avait pas profité d'elle alors qu'elle était assise devant lui sur son cheval. Il s'était montré poli et gentil, n'attendant rien en retour.

Leur rencontre fortuite lui avait donné de l'espoir au moment où elle en avait eu le plus besoin.

Sa solide réserve s'effondra et elle chut en avant, et sa tête atterrit sur l'épaule de Fergus. Il entoura Davina de ses bras, et elle sanglota. Elle pleura de manière incontrôlable pendant un long moment, et une chose très surprenante se produisit : Fergus la serra dans ses bras pendant tout ce temps.

***

Une fois arrivés à Edinburgh, Loki et ses compagnons laissèrent leurs chevaux aux écuries de la ville afin de pouvoir se rendre à pied sur la place du marché. Les questions de Kenzie débutèrent dès qu'ils s'engagèrent sur le chemin.

— Qu'êtes-vous venu acheter ici, papa Bor ? Est-ce que vous venez souvent ici ? Quel est votre marchand préféré ?

Bor rit.

— Une question à la fois, mon garçon. Je me

rends ici plusieurs fois par an pour acheter les fournitures dont nous pourrions avoir besoin. Je suis toujours à la recherche de petites âmes perdues, mais je n'en trouve pas forcément. À cette époque de l'année, je viens pour des cadeaux.

— Des cadeaux ?

— Des présents pour les petits. Le solstice d'hiver sera bientôt là, n'est-ce pas ? Est-ce que vous échangez des cadeaux chez vous ?

Kenzie leva les yeux vers son père.

— Non. Et vous ?

— Nous le faisons. J'apporte des présents aux petits chaque année. Cela les aide à oublier leurs pertes, ne serait-ce que pour un temps. Ils attendent ce moment avec impatience chaque année et, parfois, leur agitation commence une pleine lune avant le solstice.

— Où êtes-vous né, Bor ? demanda Loki. Est-ce une chose que vous faisiez chez vous ? Vos parents viennent-ils d'un pays lointain ? Je n'ai jamais ouï parler de ce type de festiage auparavant, seulement des réjouissances anglaises. Ma tante fête Noël comme eux.

— Je ne suis pas sûr de pouvoir répondre à cette question. J'ai passé du temps avec de nombreuses personnes d'horizons divers. Les Nordiques adorent le solstice et organisent des réjouissances chaque année, même s'ils célèbrent l'événement pendant au moins deux semaines, parfois plus. Les Anglais aiment également orner leurs maisons de verdure et de décorations à cette époque de l'année.

— Oui, ma tante Maddie fait la même chose !

s'exclama Kenzie. Vous devriez voir sa grande salle ! C'est très biau, et cela sent très bon. Elle met du pin, de la verdure et des rubans rouges partout. Ils ont une table de festin remplie de tous les pâtés en croûte et de toutes les tartes sucrées possibles et imaginables.

Loki lui sourit ; il se souvenait de la remarque du drôle sur le fait qu'il ne savait pas comment rendre la pareille à ceux qu'il aimait.

Bor lui demanda :

— Donc, si tu aimes ce cadeau qu'elle t'offre chaque année, pourquoi ne trouverais-tu pas un cadeau pour elle, que tu lui apporterais à notre retour ? En fait, tante Maddie semble être la personne idéale pour t'aider à comprendre ces cadeaux dont ta grand-mère t'a parlé. Pourquoi crois-tu qu'elle prépare ce festiage chaque année ?

— Pour l'oncle Alex. Il est grand, et il mange plus que n'importe qui.

— Et crois-tu qu'il soit le seul ? s'enquit Loki.

Bor sourit.

— Même moi, je peux répondre à cette question, Kenzie. Et je ne vis pas avec vous. Y a-t-il d'autres personnes dans sa famille ?

L'expression confuse de Kenzie leur indiqua qu'il ne comprenait pas ce qu'ils voulaient dire.

Loki le regarda avec un petit sourire en coin.

— Pour commencer, Jake, Jamie, Kyla, Elizabeth et Maeve. Le festin n'est-il pas pour eux aussi ?

— Si ! Et pour Aline, Gracie, et Finlay, ajouta Kenzie, qui commençait à comprendre.

— Qui sont-ils ? demanda papa Bor.

— Les enfants d'oncle Alex et de tante Maddie et leurs époux, l'informa Loki. Tu ne penses à personne d'autre ?

Son fils fronça à nouveau les sourcils.

— L'autre sœur d'Aline ?

— Oui, et qu'en est-il de toi ?

Kenzie éclata d'un rire joyeux.

— C'est vrai ! Tante Maddie aime aussi cuisiner pour nous.

— Ashlyn ?

— Oui, répondit Kenzie.

— Robbie et Grandpa ? ajouta Loki.

— Oui.

— Caralyn et Grandma ? poursuivit-il.

— Oui !

Papa Bor intervint.

— Comprends-tu ce que cela veut dire, mon garçon ?

— Non, répondit-il aussitôt.

Il s'arrêta un instant, le front plissé, signe de sa profonde réflexion.

— Je suppose que tante Maddie prépare à manger pour tout le monde. Je veux dire, elle ne fait pas tout, puisque les Grant ont la meilleure cuisinière du monde, mais elle aide, et elle prévoit les repas. Mais n'est-ce pas ce qu'elle est censée faire ? Ma première maman faisait la cuisine quand papa travaillait la terre. Ils étaient censés faire ainsi.

— Qui est le plus vénéré sur le territoire des Grant ?

Kenzie haleta.

— Tante Maddie !

— Et alors? Qu'en penses-tu? Et souviens-toi de ce que Grandma t'a dit, intervint Bor.

— Que tout le monde adore Maddie à cause de tout ce qu'elle fait au solstice d'hiver?

— Et tout au long de l'année, ajouta Loki. Elle le fait par amour. Pourquoi crois-tu que ton père travaillait la terre et que ta mère cuisinait?

Les yeux de Kenzie s'illuminèrent.

— Parce qu'ils m'aimaient?

Loki hocha la tête.

— Et qu'ils s'aimaient l'un l'autre.

Bor poursuivit :

— Maddie devrait recevoir des cadeaux et de l'affection de tous, parce qu'elle fait des choses pour tout le monde, Kenzie. Tu vois?

— Parce qu'elle donne beaucoup, tout le monde l'aime davantage? s'enquit le drôle, l'air perplexe.

— Exactement.

— Alors, je sais ce que je dois faire. Papa, il faut que j'achète un cadeau pour tout le monde!

Loki et Bor échangèrent un regard complice.

— C'est une excellente idée. Et pourquoi?

— Pour qu'ils ne me renvoient pas.

Loki gémit.

— Ce n'est pas ça, papa? Je me suis encore trompé?

— Non, nous trouverons quelque chose pour qui tu voudras, répondit son père, inclinant la tête vers Bor. Et j'espère qu'il comprendra quand il rentrera à la maison.

— C'est un garçon intelligent. Il comprendra ce que nous lui disons, dit Bor pour le rassurer.

Je pense qu'il est encore un peu nerveux à l'idée d'être abandonné.

Il rit et s'avança vers le premier étalage de châtaignes.

— Voilà une chose que j'aime apporter aux petits. Les plus âgés aident les plus jeunes à extraire la chair sucrée des coques.

— Oncle Brodie et oncle Robbie les adorent, remarqua Loki. Nous ferions bien d'en acheter.

Ils payèrent les châtaignes et passèrent à l'étal suivant, garni d'articles en laine.

— Papa ! dit Kenzie, qui le regardait avec de grands yeux. Je voudrais ramener à maman une paire de bas chauds. Très épais. Elle dit qu'elle a souvent les pieds froids. Tu sais qu'elle aime s'asseoir près du feu pendant les nuits froides.

— Je pense que c'est une excellente idée. Lesquels voudrais-tu ?

Leur groupe se déplaça d'étal en étal. Kenzie prenait plaisir à choisir des cadeaux pour chaque personne à laquelle il pensait. Quand ils furent prêts à partir, ils avaient deux sacs remplis de présents. Ils avaient amassé de la nourriture, des rubans, quelques poignards, des huiles parfumées spéciales pour Grandma, des fleurs séchées, ainsi que des épices et des herbes spéciales, mais le cadeau préféré de Loki était de loin la tapisserie que Kenzie avait trouvée.

— Est-ce qu'on ne dirait pas le château des Grant, papa ? Oncle Alex et tante Maddie vont adorer.

— Je suis totalement d'accord.

Ils mirent énormément de temps pour faire

le tour des marchands et, à la fin de la soirée, ils trouvèrent une auberge où ils pourraient se restaurer et passer la nuit.

Loki trouva une chambre avec deux couches, et Bor dénicha son propre logement. Ils dégustèrent un épais ragoût de mouton avant de se séparer pour aller dormir.

Au milieu de la nuit, Loki se réveilla, un petit visage juste au-dessus de lui.

— Papa, tu es réveillé ?

— Oui, je le suis maintenant.

Il avait hâte que quelque chose mette un terme à ces rêves incessants.

— Je pense que nous devrions la ramener à la maison.

— Quoi ?

— Ami, Amice. Je pense que nous devrions la ramener à la maison avec nous. Elle pourrait être amie avec le bébé si c'est une petite fille. Elle m'aime vraiment beaucoup, et je crois qu'elle sera perturbée quand nous partirons. Je… j'ai peur qu'il lui arrive quelque chose, papa.

— Je vais y réfléchir. Pouvons-nous prendre une décision demain, Kenzie ?

Dormir… il avait juste besoin de dormir. Tout serait plus clair au matin.

Kenzie baissa la voix jusqu'à la réduire à un murmure.

— Papa… papa Bor est très gentil, mais il n'est pas une maman, et Bestla est trop occupée. Ami a besoin d'une maman comme la mienne. Tu sais que Grandma aidera maman à s'occuper d'elle. S'il te plaît ?

Loki soupira.

— Nous en reparlerons demain matin. Dors.

À dire vrai, il avait eu la même idée. Il espérait que Bella accueillerait Ami au sein de leur foyer.

Chapitre Huit

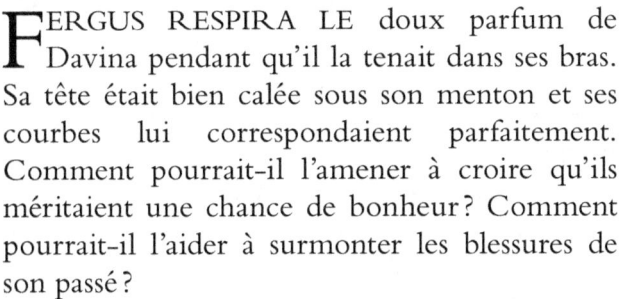

FERGUS RESPIRA LE doux parfum de Davina pendant qu'il la tenait dans ses bras. Sa tête était bien calée sous son menton et ses courbes lui correspondaient parfaitement. Comment pourrait-il l'amener à croire qu'ils méritaient une chance de bonheur ? Comment pourrait-il l'aider à surmonter les blessures de son passé ?

Il avait interrogé Jake Grant au sujet de sa femme Aline, qui avait été abusée par une ordure. Comme il ne voulait pas dévoiler ses intentions, il s'était contenté de dire que cela avait dû être difficile de faire face à une telle situation.

Jake, qui n'était habituellement pas un homme bavard, ne lui avait donné qu'un seul mot : *lentement*.

Fergus s'était donc juré d'adopter la même façon de faire. Il la serrerait dans ses bras pour toujours si c'était ce qu'elle voulait.

Elle repoussa son torse et recula.

— Laisse-moi. Pardonne-moi cet instant de faiblesse, mais je n'ai pas besoin d'un homme dans ma vie.

— Je ferai comme tu le souhaites, répondit-il en reculant, les mains derrière le dos pour lui montrer qu'il n'était pas menaçant. Y a-t-il quoi que ce soit que je puisse faire pour t'aider ?

— Non. Va-t'en. Je t'ai accordé ta requête, dit-elle.

Elle leva les yeux vers lui, mais sans croiser son regard.

— Je te remercie de m'avoir pris dans tes bras et de m'avoir accordé ce moment de faiblesse.

— Pardonne-moi de ne pas être d'accord, mais pleurer n'est pas une faiblesse. Tu as le droit de ressentir des émotions. Je m'attendais à te retrouver à l'abbaye de Lochluin. Pourquoi es-tu partie ?

— Je n'avais pas vraiment la même vision de la vie que les nunes. Toute mon existence tourne autour de ma fille, et je ferais n'importe quoi pour elle. Je leur suis reconnaissante de nous avoir recueillies quand Raina et moi en avions le plus besoin, mais je ne pouvais pas rester là-bas indéfiniment.

Davina détourna le regard de Fergus.

Il se demanda à quoi elle pensait. Que pensait-elle de ses conditions de vie ? Elle vivait dans un petit cottage au sol en terre battue recouvert de vieux joncs. Il y régnait une odeur de renfermé. L'endroit était peu encombré, signe qu'elle avait vraiment peu d'affaires. Une vieille bouilloire était suspendue au-dessus de l'âtre, et quelque chose mijotait à l'intérieur, mais il n'y avait guère d'arôme pour le tenter. Le bac à bois situé à côté de l'âtre était vide.

Le cottage ne comportait qu'une table et deux chaises, une petite couche dans le coin avec quelques fourrures et un plaid usé. Le seul autre objet était le berceau dans lequel sa fille dormait encore sous une fourrure de renard. Davina portait une robe en soie très abîmée, qui avait dû être magnifique avant d'être tachée et froissée par sa dure vie.

Elle était la fille unique de Glenn de Buchan, autrefois très puissant. L'ambition de cet homme lui avait fait perdre la tête et avait détruit sa famille. Hui, sa fille portait des haillons et ses cheveux brillants étaient tressés en arrière de son visage.

Aux yeux de Fergus, elle était toujours aussi belle.

— S'il te plaît, va-t'en, dit-elle sans le regarder.

On aurait dit qu'elle murmurait les mots à l'intention du mur du fond.

Ne sachant que faire d'autre, Fergus s'inclina devant elle et prit congé. Elle ne dit plus rien ensuite, le laissant sortir de sa vie.

La pire crainte du jeune homme venait de se réaliser. Il l'avait enfin retrouvée, mais il n'avait pas réussi à l'émouvoir. Il n'était pas parvenu à la persuader qu'ils pouvaient vivre une belle vie ensemble, qu'il fallait leur donner une chance d'être heureux. Une fois sorti de la maison, il songea au bac vide près de l'âtre. Certes, Bor allait sans doute envoyer des garçons couper du bois pour elle, mais il en était parfaitement capable, n'est-ce pas?

Le renverrait-elle s'il lui coupait du bois?

Il décida de le faire quand même. Il se rendit à

l'arrière du cottage, trouva une hache et chercha le meilleur arbre à abattre.

∗∗∗

Davina laissa échapper un souffle dès que la porte se referma. Fergus MacNicol ne comprenait pas à quel point elle souhaitait qu'il reste. Dans ses rêves, un homme l'aimait, la chérissait, et adorait sa fille. Après avoir rencontré Fergus à l'abbaye, son chevalier s'était présenté à elle avec des cheveux roux. Il serait un père merveilleux et un protecteur. Il tiendrait éloignées d'elle les ordures aux mains vagabondes et aux regards intrusifs. Il l'aimerait pour qui elle était, et pas pour la taille de ses seins et ce qui se trouvait entre ses jambes.

Ranulf lui avait appris ce qu'était l'amour, à quel point c'était spécial d'être tenue par un homme, de se sentir adorée, d'aimer quelqu'un à travers son corps.

Il lui avait appris ce que c'était que de *ressentir*.

Elle voulait retrouver cela, mais avec un homme qui ne deviendrait pas fol à cause de sa soif de vengeance et de son avidité. Elle désirait une vie simple, un havre de paix pour élever sa fille à l'abri de la cruauté et des regards insistants.

Un tel lieu existait-il?

Elle avait laissé partir Fergus, de crainte qu'il ne soit comme presque tous les autres hommes qu'elle avait rencontrés. Mais ses rêves persistaient… Ils lui disaient qu'elle avait eu tort de le renvoyer. Que c'était une erreur qu'elle ne cesserait de regretter. Un bruit fort attira son attention. Après avoir vérifié que Raina dormait toujours, elle s'avança vers la fenêtre à l'arrière de la maison et écarta la fourrure pour voir ce qui l'avait causé. S'il s'agissait d'un animal sauvage, ses cris parviendraient peut-être aux oreilles de Fergus avant qu'il ne soit trop éloigné.

Elle jeta un regard par la fenêtre, choquée de voir que le jeune homme avait trouvé une hache et abattu un arbre.

C'était une bête. Il s'était dévêtu, ne gardant que sa tunique et son plaid, et elle ignorait comment il parvenait à résister au froid. Elle le vit lever la hache au-dessus de sa tête et l'abattre sur l'arbre d'un seul geste. Les muscles de son dos ondulaient à chaque mouvement, à chaque effort. Les lignes de son corps étaient visibles à travers le tissu de sa tunique. Oh ! Elle aurait tant aimé tendre la main et la lui retirer pour pouvoir le contempler dans toute sa gloire, tout en force et en muscles, les tendons de son cou remuant à chaque mouvement de l'outil.

D'où elle se trouvait, elle voyait la fine couche de sueur qui perlait et coulait sur le côté de son visage. Une idée inattendue lui vint à l'esprit. Elle pouvait l'empêcher d'imprégner sa tunique en l'attrapant avec sa langue.

Un petit gémissement s'échappa de ses lèvres, et ce fut comme s'il l'avait ouïe. Tournant sur lui-même, il souleva la hache au-dessus de sa tête comme pour frapper un ennemi, mais il la laissa choir par terre quand il la vit.

Il la fixa du regard, mais elle ne pouvait pas bouger. Un long moment suspendu s'écoula entre eux deux jusqu'à ce qu'elle laisse retomber la fourrure et tende la main vers la porte de derrière, qu'elle ouvrit d'un coup sec. Il la rejoignit en quelques pas, la chaleur de son regard et de son corps attirant la jeune femme jusqu'à ce qu'elle prenne son visage entre ses mains et murmure :

— Aime-moi.

Il la prit dans ses bras et l'embrassa, un baiser brûlant qui réveilla le corps de Davina tout entier, attisant un désir qu'elle croyait mort depuis longtemps. La passion l'envahit avec une telle force qu'elle s'y abandonna, la laissant prendre le dessus sur ses pensées. Elle passa ses mains sur son torse musclé, fit choir son plaid au sol et tira sur sa tunique jusqu'à ce qu'il l'enlève et la jette sur le côté. Il la souleva et la porta jusqu'à la couche, la laissant se tenir debout juste le temps de lui retirer sa robe et sa blouse avant de l'allonger et de la couvrir de son corps.

Ses mains se déplacèrent vers ses seins tandis qu'il gémissait, soulevant un enflement[13] pour le prendre dans sa bouche, suçant son mamelon jusqu'à ce qu'elle crie. Il frôla de ses dents le pic sensible et elle crut qu'elle allait atteindre l'orgasme à ce moment-là, mais il continua à jouer avec elle un peu plus longtemps, sa main se glissant entre ses jambes jusqu'à ce qu'il trouve son intimité humide.

Elle le touchait partout où elle le pouvait, se délectant de la robustesse de son corps, avant de saisir le sexe de Fergus et de le placer entre ses jambes.

— Maintenant, haleta-t-elle.

---

13   Monticule, colline, chose gonflée.

Il la pénétra rapidement, plongeant en elle encore et encore, ne s'arrêtant qu'une seule fois pour lui dire des mots tendres.

— Je savais que ce serait merveilleux entre nous. Je le savais.

Il l'embrassa dans le cou avant de s'emparer de ses lèvres et de la ravager avec sa langue.

Il maintint le rythme, et elle donna un petit coup sur sa hanche pour qu'il soit exactement là où elle le voulait. Il réagit en descendant la main et en caressant son bourgeon sensible, déclenchant un orgasme qui la fit crier. Ses jambes s'écartèrent sous l'effet d'un désir qu'elle ne comprenait toujours pas, mais qu'elle ne voulait pas combattre.

Quelques instants plus tard, il agrippa ses hanches et jouit avec un rugissement, son nom sur ses lèvres ; il fit de son mieux pour calmer ses halètements.

— Je t'aime, Davina, déclara-t-il en lui caressant le cou, le souffle toujours court.

Il l'embrassa sur le front et murmura :

— Je sais que nous ne nous connaissons pas depuis longtemps, mais je sais que tu es la seule femme pour moi. Je te promets de t'aimer et de te protéger pour toujours. Je t'en prie, accorde-nous une chance.

Les mains de la jeune femme restèrent agrippées aux épaules de Fergus tandis qu'elle le berçait un peu plus, le bloquant au creux de son intimité de femme, car elle ne voulait pas que leur moment s'achève.

Puis elle leva les yeux vers lui.

— Je vais essayer.

Du bout des doigts, Davina caressa la lèvre inférieure de Fergus, puis sa barbe.

Il hocha la tête et répondit :

— C'est tout ce que je demande.

Avec une froideur qui la surprit elle-même, elle murmura :

— Je t'avertis. Si jamais tu me frappes ou que tu frappes ma fille, je te donnerai un coup de couteau au milieu de la nuit.

Fergus n'eut pas l'air impressionné, et il l'embrassa sur le front.

— Je me donnerai moi-même un coup de couteau avant que cela n'arrive.

Une légère lueur d'espoir illumina le cœur de Davina.

CHAPITRE NEUF

———⟞⟝———

LE LENDEMAIN MATIN, Loki fit signe à papa Bor de le rejoindre à l'extérieur de la chambre, alors que Kenzie dormait encore. Ils se rendirent dans la salle principale de l'auberge, et l'odeur du pain en train de cuire lui mit l'eau à la bouche.

— Un petit mot, Bor.

— Qu'y a-t-il, Loki ? Vous souhaitez toujours rentrer directement chez vous ?

— Oui, mais je dois vous parler avant que Kenzie ne se réveille.

— Qu'y a-t-il ?

— Pourrions-nous adopter Amice ? Kenzie s'est pris d'affection pour cette petite, tout comme moi.

— Quoi ? Êtes-vous sérieux ? demanda Bor.

Le vieil homme frotta la barbe sur son menton et le regarda attentivement.

— Elle est assez jeune.

— Oui. Kenzie pense, et ne le prenez pas mal, qu'elle a besoin d'une maman. De *sa* maman, pour être précis.

— Eh bien, je ne peux pas contredire ce garçon

sur ce point. Une petite fille a besoin d'une mère, et Bestla a trop d'enfants pour pouvoir s'occuper d'une seule en particulier. Normalement, je n'accueille pas d'enfants aussi jeunes qu'Ami, mais comment aurais-je pu refuser de la prendre avec moi ?

— Dans quelle église l'avez-vous trouvée ? Connaissez-vous quoi que ce soit de son passé ?

Il passa commande à l'aubergiste pour leur table, s'attendant à ce que Kenzie les rejoigne bientôt.

— Ses deux parents sont morts : sa mère d'une fièvre, et son père peu après d'une chute de cheval.

— Comment le savez-vous ?

— C'était le prêtre, votre pè…

Bor s'interrompit brusquement et il changea de sujet.

— Je me suis arrêté à l'église, et elle était là.

Le cœur de Loki s'emballa. L'homme avait presque dit « votre père », il en était certain. Mais comment pouvait-il le connaître ?

La porte s'ouvrit et Kenzie se précipita à l'intérieur de la pièce.

— J'ai tellement faim, papa ! Le pain sent délicieusement bon.

— Assieds-toi, mon garçon. Je viens de commander du pain et du porridge pour nous tous.

Il se calma, sachant qu'il ne pouvait plus poser de questions devant le drôle. Mais il interrogerait davantage Bor une fois qu'ils seraient arrivés à son cottage. Se pouvait-il qu'il sache comment il était arrivé à Ayr ?

Loki se jura de ne pas repartir sans réponses.

Ils arrivèrent chez Bor avant l'heure de sixte. Kenzie avait passé beaucoup de temps à s'assurer que ses paquets ne choient pas par terre. Quand ils entrèrent, plusieurs enfants se précipitèrent vers Bor, arborant des expressions inquiètes.

— Qu'y a-t-il?

Bor jeta un coup d'œil par-dessus leurs têtes pour regarder Bestla, qui penchait la tête vers une petite paillasse installée non loin de l'âtre.

L'enfant qui y était allongée se releva péniblement, et ses yeux s'illuminèrent quand elle aperçut Kenzie.

Loki comprit de qui il s'agissait à peu près au moment où son fils s'élança en courant dans cette direction.

— La petite Amice a de la fièvre, Bor. Rien de ce que je fais ne la calme. Elle est si agitée… J'ai terriblement peur pour elle.

La pauvre enfant versa des larmes, mais aucun son ne sortait d'elle, même si un minuscule sanglot rauque finit par se faire ouïr. Kenzie la prit dans ses bras et s'installa sur le sol à côté de l'âtre. Elle s'appuya sur son épaule, s'agrippa à lui, et s'endormit rapidement.

— Papa, on dirait qu'elle est en feu! s'exclama Kenzie, la voix tremblante de peur. Son corps tout entier brûle!

Loki se tourna vers Bestla et Bor; ils avaient l'air peinés en observant les deux enfants sur le sol.

— Nous pourrions l'emmener sur les terres des Cameron. Ma tante Jennie est l'une des meilleures guérisseuses du pays. Elle saura quoi faire.

— Est-ce loin ? s'enquit Bestla.

— Peut-être à une journée de voyage d'ici, répondit Loki.

— Non, non, elle n'y survivrait pas. Elle est bien trop faible. Elle doit manger pour lutter contre la maladie, dit la pauvre femme qui se tordait les mains. Kenzie, garde-la au chaud.

— Elle a déjà trop chaud !

— Il doit y avoir quelque chose que nous pouvons faire pour l'aider. Kenzie, tu as déjà eu de la fièvre, dit Loki. Que disent tante Caralyn, tante Jennie et tante Maddie à propos de la fièvre ?

— Qu'il faut boire ! Tante Jennie disait tout le temps à l'oncle Alex de boire quand il a eu de la fièvre. Il ne voulait pas, et elle lui a dit qu'elle s'assiérait sur lui jusqu'à ce qu'il s'abreuve davantage, expliqua Kenzie avec un rire. J'ai trouvé ça drôle. Elle a essayé de lui grimper dessus, et il l'a repoussée, mais ensuite, il a bu.

— Il a survécu ? s'enquit Bestla.

— Oui, c'est le laird Grant. Il a survécu, et il se bat toujours avec son épée.

— Je vais chercher plus de lait de chèvre pour elle, annonça Bestla qui franchit précipitamment la porte.

Kenzie leur précisa :

— Tante Jennie a dit que ce qu'il buvait n'avait pas d'importance, mais qu'il devait le faire tout le temps.

Lorsqu'elle revint avec une cruche de lait, Loki lui dit :

— Kenzie, je dois discuter avec Bor un moment. Tu veux bien rester un petit peu avec Ami ?

Le drôle acquiesça, puis il se tourna vers la petite fille, prenant manifestement son travail très au sérieux.

— Bor, puis-je vous parler à l'extérieur ?

— Bien sûr.

Le vieil homme ouvrit la porte et, au lieu de s'arrêter, il s'enfonça dans la forêt voisine, jusqu'à ce qu'il arrive à une clairière.

Il se retourna, jetant à Loki un regard perçant, mais ce dernier ignorait totalement ce que Bor attendait de lui. Il balaya les environs du regard : c'était une petite clairière entourée d'arbres de tous les côtés. Étrangement, quelque chose l'attirait, si bien qu'il parcourut le terrain sans la moindre incitation de Bor pour enfin s'arrêter devant un arbre portant de multiples marques de coupures. On aurait dit que quelqu'un avait tenté de le couper, sans succès. Une souche se trouvait non loin de là, et il s'y assit, contemplant l'arbre tandis que des visions envahissaient son esprit.

Un jeune garçon.

Une hache.

Des larmes.

Des cris.

Une douleur atroce, le genre de douleur qu'aucun guérisseur ne pouvait soigner, celle qui vous harcèle tous les jours.

Chaque jour, jusqu'à ce que vous ayez envie d'abandonner, de fuir, de renoncer.

— Te souviens-tu de quelque chose à propos de cet arbre, Lucas ? lui demanda Bor, le tutoyant soudain.

Des larmes inondèrent les yeux de Loki tandis que tout lui revenait en mémoire, des bribes de souvenirs émergeant des recoins de son esprit. Il lui répondit en le tutoyant à son tour.

— Tu m'as appelé Lucas. Tu connais mon vrai père.

Bor était debout, les mains derrière le dos.

— Je t'ai appelé Lucas, effectivement. Et je le connais, oui.

Loki fixa l'arbre et un jeune garçon apparut devant lui, un drôle en colère contre le monde, abattant une hache sur l'arbre, encore et encore.

L'enfant ne cessait de crier :

— Je vous déteste ! Je vous déteste ! Je vous déteste !

Loki regarda Bor à travers ses larmes.

— Qui haïssais-je à ce point ?

— Ton père, ou du moins, l'homme que tu croyais être ton père, et un autre homme.

Il se leva d'un bond de la souche de l'arbre alors que les souvenirs revenaient d'un coup.

— J'étais en colère contre mon père. Je le détestais. Il ne l'était pas vraiment, mais je ne le savais pas encore. J'essayais de protéger ma mère contre les coups…

— Et à la place, ton père et son second t'ont battu.

— Oui. Cet homme, Hamish, m'a jeté dans une carriole et m'a emmené. Je me suis déjà souvenu de ça… Il m'a ensuite jeté hors du chariot en espérant que je mourrais, mais ce n'est pas arrivé.

— Non, tu as été plus fort que ce qu'ils attendaient de toi. Tu t'es battu de toutes tes forces, tu as rampé à quatre pattes jusqu'à ce que quelqu'un te trouve.

Bor restait immobile, gardant les mains dans le dos.

— Toi. C'est *toi* qui m'as trouvé.

Les souvenirs d'un homme barbu et costaud, au sourire et aux yeux doux, lui revenaient en mémoire. Bor était descendu de son cheval et l'avait pris dans ses bras, puis il lui avait donné de l'eau en lui disant qu'il ne mourrait pas.

— Tu m'as sauvé, tu m'as amené à Ayr.

— Je t'ai amené à Ayr, mais tu t'es sauvé. Ensuite, je t'ai fait venir ici, pour que tu vives avec nous. Mais, même dans cet endroit, ton désir de vengeance te rongeait de l'intérieur. Tu t'en souviens ?

Loki écarquilla les yeux.

— Oui ! s'exclama-t-il avant de se mettre à tourner en rond. J'avais envie de tuer Hamish. Hamish et Blackett, l'ordure qui battait ma mère et prétendait être mon père. Mais il ne l'était pas. Il a tué ma mère, j'en suis sûr.

— Probablement. Tu voulais les retrouver et les faire payer. J'avais espéré qu'un peu de ta colère se dissiperait si je t'autorisais à frapper cet arbre, mais cela n'a jamais servi à rien, jusqu'au jour où…

Loki leva la main.

— Bon sang ! Je me souviens ! Permets-moi. Je

n'ai pas arrêté de frapper cet arbre, et un jour, j'étais tellement en colère que je t'ai dit que je ne voulais plus qu'on m'appelle Lucas.

— Oui, tu croyais que ce nom te liait à Blackett, qu'il l'avait choisi pour toi.

— Je le détestais, alors ça me rongeait de l'intérieur… mais…

Loki s'interrompit. Tant de choses étaient revenues, mais toutes les pièces ne semblaient pas s'emboîter.

— Je désirais un nouveau nom. Tu me racontais des histoires sur les dieux et les déesses nordiques, et je souhaitais être comme Loki.

— Oui, tu voulais devenir ce petit rusé et tu t'es juré de devenir l'un des plus grands et des plus féroces guerriers de tout le pays, afin de pouvoir revenir un jour pour tuer Blackett et Hamish. D'après ton vrai père, c'est ce que tu as fait.

— C'est vrai. Blackett m'a piégé en premier, mais le bien a triomphé du mal ce jour-là. Je haïssais ces ordures !

— Les as-tu vaincus seul ?

Loki se rassit sur la souche.

— Non, ce n'est qu'avec l'aide de ma famille adoptive, le clan Grant, et de nos alliés, les Ramsay.

— Je doute que les Grant et les Ramsay s'allient pour n'importe qui, je me trompe ?

Loki baissa la tête, songeant à la chance qu'il avait eue de rencontrer Brodie Grant et Nicol, le père de Fergus.

— Non, c'est vrai. Mais comment as-tu connu mon vrai père ?

— Je l'ai rencontré il y a peu. Il n'y a pas

beaucoup d'hommes qui ont un œil bleu et un œil vert. Je lui ai parlé de toi, et il m'a dit qu'il était ton père. Il m'a remercié de t'avoir recueilli comme je l'ai fait.

— Je me souviens de tout, mais pourquoi n'était-ce pas le cas avant ? Je ne comprends pas.

Il reposa sa tête entre ses mains, tâchant de faire entrer cette nouvelle information dans la tapisserie de sa vie.

— Parce que la dernière fois que tu étais ici avec ta hache, tu as perdu l'équilibre, et tu t'es cogné la tête contre un rocher. Tu t'es évanoui. À ton réveil, tu ne répondais plus qu'au nom de Loki, et tu es parti pour Ayr dès le lendemain. C'est tout ce que je peux te dire. Comme tu l'as dit à Kenzie, l'esprit se protège quand il le faut.

— Ces derniers temps, j'ai rêvé plusieurs fois de toi… tout comme mon fils. Pourquoi ? Tu es le gardien des enfants perdus. Pourquoi commencerais-je à rêver de toi maintenant ?

Bor sourit.

— Je ne peux que remercier les anges pour cela. Je ne suis pas sûr de croire en eux, mais j'avais désespérément besoin de te parler, et j'ai prié pour qu'ils t'amènent à moi.

— Pourquoi ?

Loki se leva pour faire face au vieil homme. Il remarqua alors à quel point ses yeux semblaient fatigués ; sa peau avait une teinte légèrement jaune.

Bor prit une profonde inspiration et la relâcha lentement, remontant son regard de ses pieds vers les yeux de Loki.

— Parce que je ne serai bientôt plus de ce monde. Je cherche quelqu'un pour reprendre ma tâche, pour continuer à rechercher les âmes perdues, les enfants faibles, les orphelins. Ton père m'a dit que tu possédais ton propre château, et j'avais espéré que tu pourrais m'aider.

— Tu veux que je ramène tous les enfants à la maison avec moi maintenant ?

Loki était profondément choqué ; il n'était pas sûr de pouvoir faire cela sans en parler d'abord à sa douce Bella.

— Non, je t'en prie, ne me les enlève pas maintenant. Bestla serait dévastée. Je ne pars pas encore, et tu as encore un ou deux défis à relever, mais j'espérais pouvoir t'envoyer un messager lorsque mon heure sera venue. Et je te demanderais de te rendre à Ayr et à Edinburgh une ou deux fois par an, pour trouver de nouvelles âmes perdues et les amener dans un foyer chaleureux.

Loki hocha la tête, réfléchissant à sa proposition. Il savait qu'il y avait beaucoup d'âmes généreuses sur les terres des Grant, qui lui apporteraient volontiers leur aide : sa mère, Gracie, Kyla, Ashlyn et Magnus, Aline, et tant d'autres. Il avait beaucoup de place dans son donjon, et il avait besoin de construire son propre peuple pour ajouter à la puissance du clan Grant.

— Je serai heureux de le faire, si tu nous permets d'emmener Ami avec nous. Cela briserait le cœur de Kenzie de partir sans elle. Nous attendrons pour repartir qu'elle soit assez en forme pour supporter le voyage, bien sûr.

— Je suis d'accord avec cela. Je ne veux pas perdre un autre enfant, dit Bor.

Sa tristesse finit par s'estomper un peu, et ses lèvres se retroussèrent légèrement.

— Alors, viendras-tu quand j'enverrai un message ?

Loki hocha la tête, mais une voix, venant de derrière lui, l'empêcha de répondre.

— Je t'aiderai, si tu le veux bien. Je ne peux pas supporter l'idée que des enfants vivent seuls dans le froid, affamés.

Loki se leva et se retourna : Fergus et Davina Buchan se tenaient derrière lui.

— Davina ? Davina Buchan ?

Fergus hocha la tête.

— Nous nous sommes rencontrés à l'abbaye avant le mariage de Kyla. Je la cherche depuis qu'elle en est partie.

Davina acquiesça, les larmes aux yeux ; elle avait une petite fille calée contre sa hanche.

— Je veux aider les enfants. Les âmes perdues méritent un foyer, expliqua-t-elle, les yeux rivés au sol, comme si elle avait honte de quelque chose. J'ai été perdue pendant longtemps, et je ne suis pas fière de mon passé.

Bor intervint :

— Ce qui est important, c'est ce qui se passe maintenant, pas ce qui s'est produit dans le passé.

— Enfin, si vous m'acceptez sur vos terres, my lord, précisa Davina à l'intention de Loki. Je sais qu'aucun des Ramsay ne m'accueillerait, mais Kyla m'a dit un jour que je serais la bienvenue sur le territoire des Grant… et peut-être que ce serait mieux si je vivais sur vos terres… si vous voulez bien de moi.

— J'ai demandé à Davina de m'épouser, et elle a accepté, à condition que nous attendions deux lunes avant les noces, annonça Fergus.

Kenzie fit irruption dans la clairière.

— Dis oui, papa ! Nous sommes déjà une terre d'orphelins. Nous avons presque tous perdu des parents, et notre place est au château de Curanta ! s'exclama Kenzie qui sautait d'un pied sur l'autre. C'est pour cela que j'ai rêvé de papa Bor, papa. Les âmes perdues auront bientôt besoin d'un nouvel endroit. Ce sera *chez nous* !

— Oui, dit Loki en souriant et en tapotant la tête de son fils. Je vois que vous avez tous des raisons valables. Je dois en discuter avec Bella, puis avec le laird du clan Grant, mais je pense que cela marchera.

— Je suis désolé d'avoir écouté ta conversation, papa. Je sais que tu m'as appris qu'il ne fallait pas le faire, mais Ami s'est endormie, et je voulais voir si nous pouvions toujours la ramener à la maison. Elle ne pleure plus. Je vous aiderai à vous occuper d'elle.

Bor serra l'épaule de Kenzie et lui dit :

— Je l'envoie chez vous avec ma bénédiction. À mes yeux, c'est un ange, et je veux qu'elle ait une vie merveilleuse. J'espère qu'elle continuera à aller mieux.

Loki se tourna vers Fergus.

— Mes félicitations à tous les deux. Et si vous voulez vraiment faire du château de Curanta votre foyer, je te demanderai d'envisager d'être mon second. Je serais heureux d'avoir à mes côtés un guerrier aussi travailleur.

Le visage de Fergus s'illumina, et il jeta un coup d'œil à Davina, puis à Loki.

— J'en serais honoré, mon laird.

CHAPITRE DIX

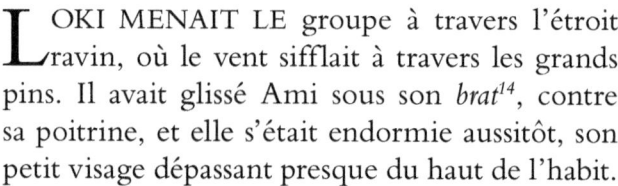

LOKI MENAIT LE groupe à travers l'étroit ravin, où le vent sifflait à travers les grands pins. Il avait glissé Ami sous son *brat*[14], contre sa poitrine, et elle s'était endormie aussitôt, son petit visage dépassant presque du haut de l'habit.

Ils avaient dû patienter encore deux jours avant d'oser voyager avec elle, mais son état s'était progressivement amélioré avec l'aide de Kenzie.

Ce retard les avait empêchés de passer le solstice d'hiver avec le reste de la famille, mais cela lui avait donné l'occasion d'observer Davina et Fergus en tant que couple. Si leur cour avait été rapide, ils semblaient vraiment former un couple solide, même si Loki percevait de temps à autre une pointe de doute chez Davina. À un moment, il lui avait confié qu'à son avis, elle ne trouverait jamais de guerrier plus doux que Fergus MacNicol.

Davina avait hoché la tête; une larme s'était échappée de son œil, et elle lui avait répondu :

— Je vous crois. C'est un homme bien.

Raina, la fille de Davina, avait égayé le grand

---

14   Sorte de cape

cottage de ses sourires et de ses rires. Il savait que Kyla serait heureuse de les voir, mais le reste des Grant serait-il contrarié d'apprendre qu'elle était fiancée à l'un des leurs? Que le jeune couple allait vivre au château de Curanta? Le temps le dirait.

Lorsqu'ils approchèrent de la terre des Grant, les questions de Kenzie commencèrent à jaillir aussi vite qu'elles lui venaient à l'esprit.

— Je sais que le solstice d'hiver est passé pendant que nous attendions qu'Ami se rétablisse, mais crois-tu que la tante Maddie nous a gardé de la nourriture? Elle a peut-être mis de côté quelques tartes aux fruits. Je les partagerai avec Ami. Je suis certain qu'elle adorera la tarte aux poires.

Ils furent rapidement accueillis par un contingent de Grant mené par Jamie Grant. Le drôle ouvrit la bouche, manifestement impatient de poser des questions sur les tartes et les réjouissances, mais Loki l'interrompit :

— C'est moi qui parlerai en premier, Kenzie. Tu dois garder tes questions pour plus tard.

Jamie s'avança à côté de lui sur sa monture.

— Bienvenue à la maison. Ce voyage a-t-il porté ses fruits, cousin? Et, est-ce une petite fille que je vois sortir de ton *brat*?

— Oui, c'est une longue histoire qu'il vaut mieux garder pour plus tard. Notre voyage a été fructueux. Comment va Bella? Et Kenzie meurt d'envie de savoir si nous avons raté toutes les tartes aux fruits.

— Je suis désolé, Kenzie, le festin est terminé dans notre château. Nous allons vous escorter jusqu'à celui de Curanta, mais ce sera à Bella de vous raconter tout ce qui s'est passé en votre absence.

Loki ne savait pas ce que Jamie voulait dire, et il ignorait la raison pour laquelle son cousin, habituellement jovial, avait l'air si sérieux. Mais il décida de ne pas s'en inquiéter. Ils étaient presque à la maison. Les gardes Grant les entourèrent, les aidant à traverser les zones les plus dangereuses. Une fois qu'ils furent arrivés au château de Curanta, Loki descendit de cheval.

— Pardonnez-moi, leur annonça-t-il, mais Jamie et Fergus vont prendre le relais à partir d'ici. Je dois aller voir Bella. Jamie, dit-il en lui tendant Ami, s'il te plaît, amène-la à l'intérieur. Mais il est très important que tu la gardes au chaud.

Sur ces mots, il traversa la cour en courant, et grimpa les marches menant à sa grande salle. Il remarqua qu'il y avait peu de monde à l'intérieur, mais tous arboraient des mines sombres, y compris sa mère. Il les salua dès qu'il eut franchi la porte et demanda :

— Bella ?

— En haut, Loki.

Sa mère lui indiqua l'escalier, et il choisit de ne pas se concentrer sur son air triste. Cela signifiait sans doute que Bella n'avait pas encore accouché, et que tous s'inquiétaient en attendant l'arrivée du bébé.

Il gravit les marches trois par trois et arriva à sa chambre ; il frappa à la porte en même temps qu'il ouvrait, pour ne pas effrayer sa petite femme.

Il entra, surpris de voir Gracie, la tante Caralyn et la tante Maddie au chevet de Bella.

Il ouït ses sanglots sous les couvertures et il songea au pire. Leur bébé. Qu'était-il arrivé à leur bébé ?

— Tante Maddie ? chuchota-t-il.

Elle s'avança vers lui et prit ses mains dans les siennes. Caralyn lui saisit les épaules.

— Loki, dit-elle, Bella a perdu le petit. Je suis vraiment désolée.

Gracie s'approcha et l'étreignit rapidement en marmonnant des paroles gentilles, mais il ne les ouït pas. Son regard se porta sur la silhouette de Bella sous les couvertures.

Il ouït la porte se refermer derrière lui lorsque les femmes sortirent et il s'approcha pour s'asseoir sur le bord de la couche.

— Bella ?

Elle sortit finalement la tête des couvertures et l'entoura de ses bras.

— Loki, je suis vraiment désolée… je suis tellement désolée. Pardonne-moi.

Il la serra contre lui, l'entourant étroitement de ses bras et respirant son doux parfum, qui lui rappelait qu'il était chez lui. Ils avaient perdu le bébé, mais elle était saine et sauve.

— Que s'est-il passé ? Pourquoi t'excuses-tu ?

Elle s'écarta, haletant entre deux sanglots.

— J'ai perdu le bébé. C'était une petite fille, et elle ne respirait pas.

— Mais pourquoi t'excuses-tu ? Ce n'est pas ta faute !

— Parce que j'aurais dû te le dire, mais je n'ai
pas pu. Je ne pouvais pas. Je ne voulais pas y croire.

— Croire quoi ?

— Le bébé avait cessé de bouger dans mon
ventre, expliqua Bella.

Elle gémit deux fois encore, avant de pouvoir
s'arrêter de pleurer assez longtemps pour
continuer.

— Je l'aimais tellement et je ne voulais pas
admettre qu'elle était partie. Mais Caralyn
m'avait dit deux semaines avant ton départ de
faire attention aux mouvements du bébé. Elle
avait cessé de bouger avant que tu partes… et elle
est née deux jours après. Elle n'a jamais respiré. Je
l'ai serrée contre moi, et nous avons dû l'enterrer
pendant ton absence. Je suis sincèrement désolée.
J'aurais dû te le dire.

— Oh, ma douce Bella ! Ne t'excuse pas. C'est
moi qui suis désolé. J'aurais voulu être ici avec
toi. Tu n'aurais jamais dû traverser cette épreuve
toute seule.

— Oh, Loki ! Elle était si belle ! J'ai prié pour
trouver un moyen de lui insuffler la vie, mais
c'était sans espoir. Elle était si minuscule…

Loki serra Bella dans ses bras pendant qu'elle
sanglotait, ne sachant que faire d'autre. Ils avaient
perdu une fille. Après tout ce qu'il venait de
vivre, il ne pouvait s'empêcher de se demander
pourquoi cela se produisait maintenant.

— Mon cher époux, Caralyn a dit qu'il existait
un moyen de m'empêcher de tomber à nouveau
enceinte. Elle a des herbes à me donner. Je ne sais
pas si je peux revivre cela. C'était si douloureux !

J'espère que tu n'es pas fâché contre moi. J'ai essayé d'être une bonne mère et de bien manger pour qu'elle devienne un gros bébé, mais j'ai échoué. Caralyn dit que nous pourrons changer d'avis plus tard, mais je ne pourrais pas supporter de porter un autre enfant tout de suite. Je t'en prie.

Loki prit le visage de Bella entre ses mains.

— Chut, ne dis jamais de telles choses.

Il l'embrassa tendrement, espérant lui faire comprendre à quel point il l'aimait.

— Bella, tu es une mère merveilleuse pour Lucas. Nous avons un petit garçon merveilleux et fort, nous avons Kenzie, et si tu souhaites prendre ces herbes, alors fais-le. Ce n'était pas ta faute. Je ne crois pas à ces balivernes. C'est la voie de Dieu... et ce n'est peut-être pas à nous de la remettre en question.

Un sentiment étrange l'envahit. Il ne croyait pas que Dieu leur avait délibérément enlevé ce bébé, mais peut-être avait-il su que cela se produirait... peut-être était-ce la raison pour laquelle il leur avait envoyé ces rêves, à Kenzie et lui. Et s'ils n'étaient pas partis ? Ils n'auraient jamais rencontré Bor, n'auraient pas conclu cet accord pour prendre sa place pour aider les enfants perdus, ils n'auraient pas fait la connaissance de la petite Ami...

La peur le saisit lorsqu'il songea à Ami en bas. Comment Bella réagirait-elle face à la petite fille après avoir perdu son propre enfant ? La possibilité de cette perte ne lui était jamais venue à l'esprit lorsqu'il avait accepté de ramener Ami à la maison. Avant qu'il n'ait eu le temps d'y réfléchir davantage, le visage de Kenzie apparut à la porte.

— Papa, je peux l'amener pour qu'elle rencontre maman?

Loki fixa Bella, ne sachant pas comment lui dire ce qu'ils avaient fait. Finalement, il n'avait d'autre choix que de parler.

— Bella, cette petite a perdu sa mère. Elle ne parle pas, et elle n'avait personne d'autre qu'une vieille femme et un vieil homme pour s'occuper d'elle. Si j'avais su que tu avais perdu le bébé, je ne te l'aurais pas amenée, mais elle s'est profondément attachée à Kenzie, et il voulait la ramener à la maison, la faire entrer dans notre famille. Si tu ne veux pas...

Bella le regarda avec étonnement, puis porta son doigt à ses lèvres pour le faire taire. Elle fit signe à Kenzie.

— Tu as ramené un bébé à la maison?

— Oui, maman, dit Kenzie. Tante Maddie m'a expliqué pour ton bébé, et je suis vraiment désolé. Mais Ami n'avait personne, et elle m'aime, alors j'ai pensé qu'elle pourrait venir à la maison avec nous et être ma sœur. Elle a besoin d'une maman, et comme tu es la meilleure maman du monde...

Il fit entrer Ami par la porte. Suçant son pouce, elle se tint à côté de Kenzie, s'agrippant à sa jambe.

Loki regarda Bella, ne sachant que dire d'autre. Sa main quitta les lèvres de Loki et elle fit signe à Kenzie de rapprocher la petite fille.

— Quel âge a-t-elle? s'enquit Bella.

Kenzie se posta près de la couche, Ami toujours accrochée à sa jambe.

— Elle s'appelle Ami et n'a que deux printemps. Elle est très gentille, maman.

Ami lâcha la jambe de Kenzie et se redressa, retirant son pouce de sa bouche. Elle regarda Bella droit dans les yeux et lui tendit les bras.

Elle prononça enfin son premier mot.

— Maman ?

CHAPITRE ONZE

———⁓———

BELLA REGARDA LOKI, les larmes aux yeux, et dit :

— Je ne peux pas la soulever, Loki. S'il te plaît, mets-la dans mes bras.

Loki fit ce qu'elle lui demandait, installant la petite sur les couvertures devant elle. Les yeux verts de la fillette la regardaient avec espoir. Bella n'arrivait pas à croire qu'elle était aussi parfaite.

— Maman ? demanda-t-elle, pointant la poitrine de Bella. Maman ?

— Oui, je suis ta nouvelle maman, Ami. Et voici ton nouveau papa, et ton frère, Kenzie.

Ami les regarda tour à tour, comme si elle prenait la mesure de sa nouvelle.

— Kencie.

— Oui, Kenzie.

— Tu l'acceptes, Bella ? Tu es sûre qu'elle ne va pas te briser le cœur ? lui demanda Loki. Je t'en prie, ne te sens pas obligée de le faire si tu n'en as pas envie.

Elle secoua la tête, et les larmes lui montèrent à nouveau aux yeux.

— Je suis sûre qu'elle me brisera le cœur un

jour en se mariant, mais pas avant. Elle est parfaite. Sais-tu quel nom je voulais donner à notre fille ? Abi. Abi et Ami. Maintenant, je comprends.

Loki lui jeta un regard étrange, mais répondit :

— Tant mieux, car j'aurais aimé le faire. Si tu savais ce que Kenzie et moi venons de vivre, tu serais étonnée. Nous avons beaucoup à te raconter, mais cela peut attendre.

Bella blottit la petite fille contre elle. L'enfant la montra encore une fois du doigt et dit « maman », puis remit son pouce dans sa bouche. Bella embrassa le sommet de la tête d'Ami, qui se blottit contre elle.

— Avez-vous rencontré l'homme aux fourrures ?

Elle avait espéré qu'ils y parviendraient, mais cela lui avait semblé bien difficile. Elle souffrait de voir les gens qu'elle aimait torturés par leur passé. Elle ferait tout ce qui était en son pouvoir pour éviter à Ami d'avoir de tels problèmes.

— Nous l'avons trouvé, oui, annonça Kenzie. Il est le gardien des âmes perdues et il veut que nous le remplacions à sa mort.

Loki leva les yeux au ciel, de cette façon qu'elle aimait : c'était sa réaction normale face à la tendance qu'avait Kenzie de donner plus d'informations qu'il ne l'aurait dû.

— Nous t'expliquerons tout cela plus tard, dit-il, mais il a dit l'essentiel. Cet homme s'appelle Bor. Il veut que nous prenions sa relève après son décès.

— Nous sommes à part, expliqua Kenzie avec un sourire. Nous sommes presque tous orphelins

maintenant. Et Fergus a ramené Davina avec lui.
Ils vont se marier. Beaucoup d'orphelins vivent
ici.

Bella leur sourit à tous les deux, ce qu'elle
n'avait pas fait depuis leur départ.

— Je vous aime tellement tous les deux ! Merci
d'avoir suffisamment cru en moi pour ramener
Ami à la maison. Pourquoi ne l'emmèneriez-
vous pas rencontrer tout le monde dans la grande
salle ? Nous n'oublierons jamais Abi, mais j'ai de
la place dans mon cœur pour une autre fille, et je
crois que toi aussi, Loki.

Son mari l'aida à sortir du lit et lui trouva une
chemise de nuit, puis il porta Ami hors de la
chambre et il traversa le balcon. Bella s'arrêta à
mi-chemin de l'escalier et se pencha par-dessus la
rampe. Les personnes qui étaient rassemblées près
de l'âtre attendaient avec impatience ce qu'elle
avait à dire.

— Tout le monde, je vous présente notre
nouvelle fille, Ami.

La petite sortit son pouce de sa bouche, pointa
Bella du doigt, et dit :

— Maman !

Toute la salle se mit à applaudir.

Non, Bella n'oublierait jamais la petite Abi,
mais la fillette dans les bras de son mari avait
besoin d'elle. Elle se pencha et l'embrassa sur le
front avant de déclarer :

— S'il vous plaît, fêtons l'arrivée de notre
nouvelle fille, les nombreuses bénédictions que
nous recevons et le solstice d'hiver. Nous avons

attendu cela juste pour toi, mon garçon, ajouta-t-elle en regardant Kenzie.

———— ❧ ————

Autour d'eux, une activité intense régnait, mais Loki restait concentré sur sa femme et ses enfants. Il installa Bella près de l'âtre avec Ami sur ses genoux, plaça un plaid chaud sur elles, puis il se précipita à l'étage pour réveiller Lucas de sa sieste. Son cœur se gonfla de fierté lorsqu'il présenta le jeune garçon à sa nouvelle sœur. Lucas toucha les cheveux roux de la petite et sourit.

Fergus conduisit sa fiancée près du feu et la présenta à Bella.

— Voici ma future femme, Davina. Sa fille s'appelle Raina. J'ai demandé à Loki si nous pouvions vivre dans une cabane dans votre cour, mais il m'a invité à devenir son second. Il a dit qu'il y avait une chambre à l'étage que nous pourrions occuper après notre mariage. J'espère que cela vous convient, my lady.

— Cela fait plus que me convenir. Je me réjouis que vous restiez tous les deux dans le château. Je me sens parfois seule quand Loki voyage avec les Grant.

— Je voyagerai avec lui, donc quand nous partirons, aucune de vous ne sera seule, dit Fergus en serrant les épaules de Davina. Davina pourrait occuper la chambre du haut jusqu'à notre mariage. Je dormirai avec les guerriers. Et les petits seront compagnons de jeu.

Loki se pencha pour déposer un baiser sur la joue de Bella.

— Je reviens tout de suite.

Il avait besoin de se retrouver seul un moment après tout ce qui s'était passé. Sa mère et sa tante Maddie s'occupaient de Bella et d'Ami ; à ses yeux, c'était donc un bon moment pour partir. Pénétrant dans la cour, il se pelotonna dans ses vêtements et leva le visage vers le ciel, surpris de voir quelques flocons de neige scintillants saupoudrer l'air. L'hiver était là.

Une larme s'accrocha à ses cils lorsqu'il songea à la fille que Bella et lui avaient perdue. Abi était un très biau prénom. Comment aurait-elle été ? Lui aurait-elle ressemblé, ou plutôt à Bella ? Il marcha à travers ses terres, toujours incapable de comprendre les rouages du monde et pourquoi un enfant lui avait été donné au moment où un autre lui était enlevé. Les choses se seraient-elles passées différemment s'il n'était pas parti à Ayr ? Bella semblait vraiment heureuse d'accueillir la jeune Ami dans leur famille, mais, de son côté, avait-il accepté de faire quelque chose qui s'avérerait trop difficile pour son clan et pour lui ? Pour sa femme ?

L'oncle Alex approcha par-derrière et lui serra l'épaule.

— Mes condoléances pour la perte de ton enfant, Loki.

Ce dernier lui jeta un regard et hocha la tête.

— La perte est douloureuse, mon oncle, et je sais que nous la pleurerons toujours, dit-il.

Alex était connu pour sa sagesse ; il décida donc de lui demander son avis.

— Mon oncle, on m'a demandé d'aider quelqu'un…

Il cherchait les mots justes, mais il savait que son oncle allait lui laisser le temps de mettre de l'ordre dans ses pensées. Il ne pensait qu'à une chose, un cottage près d'Edinburgh rempli d'enfants sans parents.

— J'ai rencontré un homme qui s'occupe d'orphelins. Il est mourant, et il m'a demandé si j'accepterais de poursuivre la mission de sa vie, d'aller chercher les orphelins de nos terres et de prendre soin d'eux. De les ramener au château de Curanta.

L'oncle Alex réfléchit un moment avant de répondre.

— Je ne vois pas de meilleure personne que toi pour reprendre cette tâche. Qu'en dis-tu ?

— J'ai accepté, mais je lui ai dit que j'aurais besoin de ton soutien et de celui de Bella.

— Est-ce l'homme que tu imaginais dans tes rêves ? Celui avec les fourrures ?

— Oui. J'ai du mal à croire à tout ce qui s'est passé. Si je n'avais pas été là, si je n'avais pas vu à quel point cet homme était identique à celui de mes visions…

— Puis-je te donner un petit conseil ?

— J'en serai ravi.

Plus que tout, il avait besoin de quelqu'un pour le convaincre qu'il n'était pas en train de perdre l'esprit.

— Je ne dis plus jamais « pourquoi moi ». Le destin peut constituer une facette merveilleuse de la vie si tu y vois une occasion à saisir au lieu de toujours tout remettre en question. Il y a une bonne raison pour laquelle tu as été choisi pour cette vocation, dit-il, serrant à nouveau l'épaule de Loki. Tu auras tout notre soutien le moment venu. Dis-moi simplement ce dont tu as besoin.

Ils furent interrompus par des cris venant des grilles. Finlay et Kyla étaient arrivés pour se joindre à leur groupe. Ils les saluèrent, puis Alex lui proposa :

— Rentrons, Loki. Tu es prêt ? Une surprise attend Kyla.

Une fois à l'intérieur, cette dernière se précipita aussitôt sur Davina pour la serrer dans ses bras. Loki retourna auprès de Bella, lui prenant la main tout en s'asseyant sur un tabouret à côté d'elle. Les retrouvailles leur mirent les larmes aux yeux, et ce fut Davina qui amena Kyla pour présenter ses condoléances à Bella et saluer Ami.

— Imaginais-tu que ton frère se marierait si tôt ? demanda Loki à Finlay.

— Non, pas du tout ! Mais je suis heureux pour lui. J'espère que cela fonctionnera pour eux.

Un peu plus tard, Maddie et Celestina avaient dressé une grande table de banquet au milieu de la salle. Elle était décorée de verdure et de rubans, couverte de plats de gibier et d'oie, de tourtes à la viande, d'une grande marmite de ragoût d'agneau, de pains bruns à base de seigle, de ragoût d'orge, et quantité de petits pois et de haricots. Il y avait également plusieurs tartes sucrées fourrées aux mûres et aux cerises.

Loki était assis à côté de Bella et d'Ami à l'une des tables à tréteaux, tandis que Kenzie faisait des allers-retours vers la porte, accueillant chaque nouvel arrivant avec enthousiasme. La nouvelle avait fait le tour du clan Grant, et beaucoup étaient venus pour rencontrer la petite Ami et célébrer le solstice d'hiver.

Kenzie courait partout dans la grande salle, racontant à qui voulait l'ouïr l'histoire de papa Bor et des orphelins. De temps en temps, il revenait vers ses parents.

— C'est exactement ce que je voulais ! C'est mieux que de célébrer le solstice chez les Grant ! N'es-tu pas d'accord, papa ?

— Kenzie, pourquoi n'irais-tu pas chercher ton sac pour distribuer tous tes paquets ? lui demanda Loki, une fois qu'ils eurent mangé à leur faim.

Plus que ravi de faire ce que son père lui demandait, Kenzie courut à l'étage pour récupérer l'énorme sac. Lorsqu'il revint avec, il annonça :

— Papa Bor m'a expliqué qu'il aimait choisir un cadeau spécial pour chaque orphelin et en faire la distribution la veille du solstice d'hiver. Alors, papa et moi nous sommes rendus à Edinburgh pour trouver un présent pour chacun.

Le drôle fit le tour de la salle, remettant à chacun un paquet choisi spécialement pour lui. Quand il eut terminé, il lança :

— Maintenant, ouvrez-les !

Il alla ensuite se placer à côté de sa mère et l'observa tandis qu'elle découvrait son cadeau.

— Regarde comme ils sont épais, maman ! Ils garderont tes pieds au chaud cet hiver.

— Je les adore ! s'exclama Bella. Ces bas sont parfaits !

Puis elle le serra fort dans ses bras.

Loki observa la joie sur le visage de Kenzie et fit de son mieux pour voir chacun ouvrir son paquet : la tapisserie pour l'oncle Alex et la tante Maddie, la sacoche spéciale pour que la tante Caralyn range ses instruments de guérison, une nouvelle dague pour l'oncle Robbie, des rubans pour Kyla et Gracie, et ainsi de suite.

Quand tout le monde eut terminé, il se plaça au milieu de la grande salle et accepta avec plaisir les embrassades de remerciement. Pendant que les autres participaient au nettoyage, Kenzie s'avança tranquillement vers sa grand-mère.

— Maintenant, je comprends ce que tu voulais dire en parlant de donner et de recevoir de l'amour. Offrir des cadeaux, c'était plus amusant que d'en recevoir. J'espère que nous pourrons recommencer au prochain solstice d'hiver, Grandma.

— Bien sûr que nous le ferons. Mais, n'es-tu pas contrarié de n'avoir reçu aucun cadeau de qui que ce soit ?

Il y songea un moment avant de répondre :

— Non, c'était plus amusant de choisir les présents avec papa.

Il jeta un coup d'œil à Loki, qui lui sourit. Mais le sourire du petit garçon se mua rapidement en froncement de sourcils.

— Papa, je ne t'ai pas offert de cadeau !

Loki s'agenouilla devant lui.

— Réfléchis, mon garçon. N'avons-nous pas tous deux reçu quelques présents à l'occasion du solstice ?

Kenzie balaya la salle du regard avant de hocher la tête.

— Si. La petite Ami, Bor, Fergus et Davina. Nous sommes en train de nous agrandir comme tu l'espérais.

Une fois la salle nettoyée, le groupe se réunit près de l'âtre, déplaçant les tabourets et les chaises à proximité pour que tous les invités puissent s'asseoir ensemble.

Loki demanda l'attention de tout le monde.

— J'ai enfin trouvé la réponse à une question qui me tracassait depuis un certain temps, et je voulais la partager avec vous. Je me suis souvent demandé pourquoi on m'appelait Loki au lieu de Lucas, le nom que ma mère m'avait donné. C'est papa Bor qui m'a trouvé dans les bois. J'avais été battu et laissé pour mort. Il m'a emmené dans son cottage pour m'aider à guérir. Je passais ma colère sur un certain arbre, le frappant à coups de hache chaque fois que je le pouvais. Un jour, j'ai fini par m'assommer, et j'ai oublié mon histoire. C'est moi qui me suis nommé Loki, d'après le dieu nordique. Quand je suis revenu à moi, j'ai déclaré que moi, Loki, je ferais payer Blackett et Hamish pour ce qu'ils nous avaient fait, à ma mère et à moi. C'est alors que je suis parti pour Ayr.

— Puis-je leur raconter la triste partie de notre voyage, papa ?

Loki le regarda longuement, puis il hocha la tête en se rasseyant.

— Vas-y.

— Nous nous sommes arrêtés à Ayr, où papa et moi avons tous les deux vécu dans des caisses.

Un garçon vivait là, et papa Bor l'a trouvé, et il l'a ramené chez lui parce qu'il était malade. Le garçon est mort. Je comprends maintenant que ma première maman et mon premier papa n'auraient jamais voulu que je meure là-bas. Je sais qu'ils sont heureux que j'aie été adopté.

Personne ne dit mot, jusqu'à ce que Celestina prenne la parole.

— Quelqu'un connaît-il la mythologie nordique?

— Qu'est-ce que c'est? s'enquit Kenzie.

— Je me suis renseignée sur les Nordiques : ils croient en un groupe entier de dieux qui ont vécu il y a fort longtemps. On dit que ce sont eux qui ont amené le monde à ce qu'il est hui. Quelqu'un d'autre connaît-il leur mythologie?

— Qu'est-ce que la mythologie? voulut savoir Kenzie.

— C'est l'étude d'un groupe de dieux qui vivaient dans leur propre monde. Dans la mythologie nordique, il existe un dieu nommé Loki, et nous savons tous qu'il était considéré comme le petit rusé.

Brodie se leva et annonça :

— Et Nicol et moi pouvons affirmer qu'il était un petit rusé lorsque nous l'avons rencontré à Ayr!

Des rires fusèrent dans le groupe à ces mots. Loki ne put s'empêcher de sourire à son père adoptif.

— En fait, il a joué quelques tours à deux méchants hommes du nord, ce qui est tout à fait approprié, à mon avis.

— Puisque personne ne connaît l'histoire, poursuivit Celestina, laissez-nous vous raconter ce dont je me souviens. Il existe un dieu nommé Bor, ou Bors, qui était le père d'Odin et d'autres. Odin est considéré comme le maître du savoir, et il est le père de plusieurs autres dieux, dont Thor. Il a également initié les Nordiques à la célébration du solstice d'hiver.

— Dans les mythes, Bor était marié à une femme nommée Bestla.

Kenzie se leva d'un bond de sa chaise.

— C'était son nom! La vieille femme qui s'occupait des orphelins! C'était Bestla!

Loki faillit bondir de sa propre chaise.

— Bor me racontait des histoires sur les dieux, surtout sur Thor et Loki. C'est pour cela que j'ai choisi ce nom. Es-tu en train de me dire que Bor et Bestla sont des dieux qui sont venus ici avec une finaison, maman?

— T'ont-ils demandé de faire quelque chose pour eux?

— Oui. Bor veut que nous poursuivions l'œuvre de sa vie quand il mourra. Il nous a demandé de nous rendre à Ayr et à Edinburgh au moins une fois par an, et de ramener les enfants sans abri au château de Curanta. De créer un foyer pour tous les petits qui n'ont pas de famille.

Tante Maddie serra la main de l'oncle Alex.

— Oh, mon Dieu! Loki! Beaucoup ne croiraient pas tout ce que tu as raconté, mais moi, oui. Pour ma part, je vais déclarer le solstice d'hiver, période de réjouissances et de cadeaux pour notre clan. Bien entendu, je t'aiderai avec les petits quand tu en auras besoin. Ma mère venait d'une région proche de Londres et elle croyait en la fête hivernale chrétienne de Noël. Voilà pourquoi nous avons des décorations et des festins. Il est maintenant temps de faire de cet événement une célébration encore plus spéciale.

Kenzie se mit à faire des bonds.

— Devine quoi, papa ? J'ai fait un autre rêve la nuit dernière. J'ai failli l'oublier, mais Grandma vient de me le rappeler. C'était mon vrai papa. Il disait qu'il était fier de moi et que je pouvais tous vous aimer pour toujours.

— Au solstice, pour les Nordiques, les Anglais et les Écossais ! s'exclama Alex en levant son verre. À Bor, Bestla, Loki et Kenzie. Et à deux petites filles. Abi, que nous retrouverons tous un jour, et la petite Ami, qui a trouvé sa nouvelle maison. Nous ferons la fête ensemble.

Celestina se leva de sa chaise et prit Loki dans ses bras.

— Cela ne fait que confirmer ce que j'ai toujours su. Tu es un homme très spécial, Loki Grant. Tous les habitants de ces terres le savent.

Fin

CHERS LECTEURS,

J'espère que vous avez aimé mon histoire de Noël dans les Highlands, qui raconte comment tout aurait pu commencer. Il s'agit d'une véritable œuvre de fiction. Certes, il existe des dieux nordiques nommés Bor et Bestla, mais leur vocation à s'occuper des petits est uniquement le fruit de mon imagination.

Il existe des récits de Noël en Angleterre dans les années 1200, mais pas de père Noël traditionnel. Cette tradition n'est apparue que bien plus tard, au XVIIᵉ siècle.

Les Nordiques participaient à des festivités pendant plusieurs jours autour du solstice d'hiver.

Mais qui peut dire d'où vient l'idée du père Noël?

Le monde des Grant et des Ramsay que j'ai créé fait parfois quelques entorses à l'histoire, mais j'espère seulement procurer davantage de plaisir à la lecture.

Que vos fêtes soient aussi merveilleuses que celles de Loki et Kenzie.

Keira Montclair

www.keiramontclair.com

SI VOUS SOUHAITEZ en savoir plus sur mes romans, voici quelques sites à consulter.

Visitez mon site Web : http://www. keiramontclair.com

Je vous tiendrai au courant de mes nouvelles publications.

Allez sur ma page Facebook et «likez-moi » : vous y trouverez des informations sur les nouveaux romans, les dédicaces de livres et les cadeaux.

Faites un tour sur ma page Pinterest : vous verrez comment j'imagine mes personnages et leurs caractéristiques.

Laissez un commentaire sur les sites de vente en ligne ou sur Goodreads. Les critiques sont utiles aux auteurs indépendants comme moi, ainsi qu'aux autres lecteurs.

Autres livres de Keira Montclair

SÉRIE DU CLAN GRANT

#1- SAUVÉE PAR UN HIGHLANDER - Alex et Maddie

#2- LA GUÉRISON DU CŒUR D'UN HIGHLANDER- Brenna et Quade

#3- LETTRES D'AMOUR VENANT DE LARGS - Brodie et Celestina

#4- VOYAGE VERS LES HIGHLANDS - Robbie et Caralyn

#5- ÉTINCELLES DANS LES HIGHLANDS - Logan et Gwyneth

#6- MON HIGHLANDER DÉSESPÉRÉ - Micheil et Diana

#7- L'ÉTOILE LA PLUS BRILLANTE DES HIGHLANDS - Jennie et Aedan

#8- HARMONIE DES HIGHLANDS - Avelina et Drew

#9- ANGES DE NOËL

LE CLAN DES HIGHLANDS

Loki

Torrian

Lily

Jake

Ashlyn
Molly
Jamie & Gracie
Kyla
Sorcha
Bethia
Le Conte de Noel de Loki
Elizabeth

LA BANDE DE COUSINS

VENGEANCE DANS LES HIGHLANDS
ENLÈVEMENT DANS LES HIGHLANDS
CHÂTIMENT DANS LES HIGHLANDS
MENSONGES DANS LES HIGHLANDS
COURAGE DANS LES HIGHLANDS
RÉSILIENCE DANS LES HIGHLANDS
DÉVOTION DANS LES HIGHLANDS
FORCE DANS LES HIGHLANDS
MAGIE DE NOËL DANS LES HIGHLANDS

À PROPOS DE L'AUTEURE

KEIRA MONTCLAIR EST le nom de plume d'une auteure qui vit en Caroline du Sud avec son mari. Elle écrit des romans historiques au rythme soutenu, souvent avec des enfants comme personnages secondaires.

Lorsqu'elle n'écrit pas, elle préfère passer du temps avec ses petits-enfants. Elle a travaillé comme professeure de mathématiques dans un lycée, infirmière diplômée et chef de bureau. Elle aime le ballet, les mathématiques, les puzzles, apprendre de nouvelles choses et créer de nouveaux personnages dont ses lecteurs pourront tomber amoureux.

Elle considère que son travail est bien fait lorsque ses lecteurs versent des larmes en lisant ses histoires, toutefois les fins heureuses sont toujours au rendez-vous !

Sa série à succès est une saga familiale qui suit deux clans écossais médiévaux sur trois générations et compte aujourd'hui plus de 40 livres.

Contactez-la sur son site web, http://www.keiramontclair.com ou directement à l'adresse keiramontclair@gmail.com.